山南文艺扶持项目

སེམས་ཀྱི་རྒྱབ་རི་སྨུག་པོ།

བཀྲ་ཤིས་རྒྱལ་མཚན་གྱིས་བརྩམས།

བོད་ལྗོངས་མི་དམངས་དཔེ་སྐྲུན་ཁང་།

图书在版编目（CIP）数据

心驰青山 : 藏文 / 扎西江村著. -- 拉萨 : 西藏人民出版社, 2023.7
ISBN 978-7-223-07405-6

Ⅰ. ①心… Ⅱ. ①扎… Ⅲ. ①诗集－中国－当代－藏语 Ⅳ. ①I227

中国国家版本馆CIP数据核字(2023)第079260号

心驰青山

作　　者：扎西江村
责任编辑：多坚次仁
封面设计：旦真那杰
版式设计：多坚次仁
责任校对：侃　照
出版发行：西藏人民出版社（拉萨市林廓北路20号）
印　　刷：西藏福利印刷厂
开　　本：890×1240　1/32
印　　张：6.375
字　　数：103千
版　　次：2023年7月第1版
印　　次：2023年7月第1次印刷
印　　数：01-1,000
书　　号：ISBN 978-7-223-07405-6
定　　价：32.00元

发行部联系电话（传真）：0891-6826115

སྔོན་འགྲོའི་གཏམ།

ཉེ་ལམ་ལས་བྲེལ་ཁྲོད་ན་གསར་བུ་བ་དད་སྒྲོ་ལགས་ཀྱི་སྙན་དེབ་《སེམས་ཀྱི་རྒྱབ་རི་སྨུག་པོ་》ཞེས་པ་ལ་ཅུང་ནན་ཏན་གྱིས་ལན་གཅིག་ལྟ་ཀློག་བྱེད་པའི་བགོ་སྐལ་བྱུང་བ་ནི། ཁོང་རང་གི་ཐུགས་རེ་ལྟར་སྙན་དེབ་འདིར་སྔོན་འགྲོ་མདོར་བསྡུས་ཤིག་འབྲི་བའི་ཆེད་དུ་ཡིན་པ་ལྟ་ཅི་སྨོས། ཅི་སྟེ་རང་ངོས་ནས་སྙན་དེབ་ཅིག་ལ་སྔོན་འགྲོ་འབྲི་བ་ནི་ད་ཅང་འོས་སུ་མ་བབས་པ་ཞིག་ཏུ་རློམ་པ་ཡིན་མོད། འོན་ཏེ་སྐབས་འདིར་ཡང་ཁོང་གིས་ནན་གྱིས་བསྐུལ་བ་ལ་བརྟེན་ནས་སླར་ཡང་ཞལ་ངོ་བཟློག་མ་ནུས་པས་ད་ནི་མ་འཇོན་གསུམ་རྒྱག་གི་བརྩེ་ལ་མི་བརྟེན་ཀ་མེད་བྱུང་།

གུས་པས་ངེས་གསལ་ལ་གསར་བུ་འདི་སྨྱུག་ཐོགས་པའི་ལས་ལ་ཞུགས་པའི་དུས་ཚོད་རིང་པོ་ཞིག་མ་ཡིན། ཡིན་ནའང་ད་ལྟ་ཁོང་གིས་གསར་རྩོམ་ལ་འཇུག་པའི་བློ་ཁ་ཕྱོགས་སྟངས་ནི་ཅུང་བརྟན་པ་ཞིག་ཏུ་གྱུར་ཟིན་པ་མཐོང་ལ། དེ་ལས་ཁོང་ནི་སྔ་མོ་ནས་རྩོམ་རིག་གི་བྱ་བའི་ཁྲོད་ནས་དཔེ་ཀློག་ལ་གོམས་པ་མི་དམན་པ་ལྡན་པ་ཟུར་བལྟས་ལེབ་མཐོང་གི་ཚུལ་དུ་སྣང་། གཞན་ཡང་ཁོང་རང་ལ་གསར་རྩོམ་ལམ་བུ་འཚོལ་ཞིབ་བྱེད་པའི་བྱང་ཆ་ངེས་ཅན་ཞིག་ལྡན་པ་མ་ཟད། ད་གཟོད་དེ་ཉིད་ཇེ་ལེགས་ཇེ་བཟང་དུ་འགྱུར་བཞིན་པར་སྤྲོ་བ་དང་ཡིད་ཆེས་ཀྱིས་ཁེངས་པ་དཔོག

ཐུབ། དེ་ལྟར་སྐབས་སུ་བབས་པ་འདིར་ཁོ་བོས་ཀློག་པ་པོ་རྣམ་པར་སྙན་ངག་པ་ཁོང་གི་《སེམས་ཀྱི་རྒྱབ་རི་》ཞེས་པའི་སྙན་དེབ་ངོ་སྤྲོད་མདོར་བསྡུས་ཞུ་བ་ལ།

ཇི་སྐད་དུ་ཨ་ལག་ཤས། རྒྱ་བོད་ཧོར་སོགས་གང་དང་གང་གི་སྐད་དུ་བསྒྱུར་བཙོས་གང་རྩོམ་པ་ལ་དེ་དང་དེའི་སྐད་རིགས་དང་ཡིག་རིགས་ལ་མཐར་ཕྱིན་པར་ཤེས་པ་མེད་དུ་མི་རུང་བར་གསུངས་པ་ལྟར། རྩོམ་པ་པོ་གང་གི་སྙན་དེབ་འདིའི་སྐད་ཆའི་འགྲོ་ལུགས་དང་ཡི་གེའི་སྦྱོར་ཚུལ་རྣམས་སྤྱིར་ན་བོད་སྐད་དང་བོད་ཡིག་གི་བརྗོད་སྤྲོད་ལུགས་དང་མཐུན་པ་ནི། དེང་སྐབས་སུ་སྐད་ཀྱི་སྒྲ་གདངས་རྣམས་བོད་སྐད་ཡིན་པ་ལ་ཚིག་གི་སྦྱོར་བ་སྤྱིལ་ཚུལ་དག་སུམ་རྟགས་ཀྱི་འགྲོ་ལུགས་དང་མི་མཐུན་པའི་ཡི་གེའི་ནད་ཡམས་གང་སར་མཆེད་པའི་“སྙན་ངག་པ”ཆར་ཤུལ་གྱི་ལྷུམ་བུ་བཞིན་འཕེལ་བ་ལ། ཁོང་གི་སྙན་དེབ་འདིའི་ཚིག་སྦྱོར་ལ་དེ་འདྲའི་ཤས་དང་བྲལ་བ་ནི་བདག་གིས་བསམས་ན་སྤྲོབ་དགའ་བའི་དོན་ཞིག་མཐར་གྱིས་ལེགས་པར་འགྲུབ་པ་ཞིག་ཏུ་འཁྲུམས། དེ་ཡང་རང་རེའི་སྐད་ལ་མཚོན་ན། ལག་ལེན་གྱི་ཚད་གཞི་ཏ་ཅང་བཟང་པོ་ཞིག་སྔ་མོ་ནས་མཆིས་མོད། སྤྱི་ཚོགས་འཕེལ་འགྱུར་ཆེན་པོའི་ཁྲོད་དུ་འདི་ཡུལ་གང་པོའི་ཚད་ལྡན་དང་གཅིག་གྱུར་ཅན་གྱི་སྐད་དེ་ད་གདོད་ཚུལ་བཞིན་སྤྱོད་པ་དཀོན་པའི་གནས་སུ་གྱུར་དང་འགྱུར་བཞིན་ཡོད། དེ་ལྟར་ཡིན་མོད་ཀྱང་གསར་བུ་ཁོང་གིས་སྙན་དེབ་འདིས་སྣང་ཚུལ་དེ་དག་གི་ཁ་གཏད་དུ་ལངས་ནས་སྙན་ངག་གིས་སྐད་ཆའི་ཚིག་སྦྱོར་སྟེབ་སྟངས་ཐད། སྤྱིར་ན་ཚིག་དོན་གཉིས་ཆར་ནས་བོད་སྐད་ཀྱི་གཅིག་གྱུར་གྱི་བརྗོད་སྤྲོད་ལུགས་ཀྱི་རྗེས་སུ་གང་འགབ་ཏུ་གཞོལ་

བར་འབད་འདུག་པ་འདི་གཞི་རྩ་ནས་བརྗོད་ན་སྙན་དེབ་འདིའི་གནད་དམ་པ་ཞིག་རེད་ཅེས་སྨྲ་བར་སྤོབས།

གཞན་ཡང་། སྙན་དེབ་འདི་ལས་མཚོན་པའི་སྤྱི་ཚོགས་འཚོ་བའི་མཐོང་སྣེ་ཅུང་ཟད་རྒྱ་ཆེ་ཞིང་། རྩོམ་པ་པོས་སྤྱི་ཚོགས་འཚོ་བའི་སྣང་ཚུལ་ཅི་རིགས་ལ་འཛིན་པའི་མཛེས་དཔྱོད་ཀྱི་ལྟ་སྟངས་ལའང་དྲང་བདེན་རང་བཞིན་དང་། ཐུན་མོང་རང་བཞིན། ཡར་ཐོན་རང་བཞིན་ཅུང་ཆེན་པོ་ལྡན་པ་ལས་སྙན་དེབ་འདིས་ང་རང་སྨྲིན་པའི་སྨྱོང་ཚོར་ཡང་དྲང་བདེན་དང་དགེ་བ། མཛེས་པའི་སྟོབས་ཀྱིས་འཁྱོངས་པའི་བདེ་བ་ཞིག་རེད་སྙམ། དེ་ནི་ཇི་སྐད་དུ། གལ་ཏེ་ཟབ་ཅིང་རྒྱ་ཆེ་བའི་ཤེས་བྱ་ནི་རང་སྟོབས་བསམ་གཞིག་སྤྲུམ་བྱེད་ཡིན་ཟེར་ན། རང་སྟོབས་བསམ་གཞིག་གི་གསོས་ནི་དམངས་གཙོའི་བསམ་བློའི་རང་བཞིན་ཡིན་ནོ། །ཞེས་གསུངས་པ་ལྟར། ཁོང་གི་སྙན་དེབ་འདི་ལས་ཕ་ཡུལ་གྱི་རི་ཆུ་དང་ཕ་ཡུལ་གྱི་མི། ཕ་ཡུལ་གྱི་རིག་གནས་སོགས་བརྗོད་བྱ་གནད་དུ་བཟུང་བ་ལ་དམངས་ཀྱི་རང་བཞིན་དང་སྲིད་ཇུས་རང་བཞིན། མི་གཞི་བཟང་པོའི་རང་བཞིན་བཅས་ཁྱད་ཆོས་མི་དམན་པ་ལྡན་པ་དང་། དེ་ནི་ཁོ་བོས་བསམས་ན་རྩོམ་པ་པོ་ཁོང་གི་འཚོ་བའི་མཐོང་རྒྱ་ཅུང་ཡངས་པ་མ་ཟད་དེ་དག་ལ་རང་འགུལ་གྱིས་བསམ་གཞིག་བྱེད་པའི་རང་སྟོབས་ཀྱི་ནུས་པའང་ངེས་ཅན་ཞིག་ལྡན་པ་ཡིན་ལ། ཁྱད་པར་དུ་དེ་ནི་རྩོམ་པ་པོ་ཁོང་གིས་སྤྱི་ཚོགས་འགན་འཁུར་གྱི་བསམ་བློ་གཞིར་བཅས་ཏེ་རྩོམ་པ་པོ་ཞིག་གི་འགན་འཁྲི་དང་དུ་ལེན་པའི་ཚུལ་ཞིག་དང་རྩོམ་རིག་གསར་རྩོམ་གྱི་ཕན་དགེ་གཏོང་ཚུལ་བཟང་པོ་ཞིག་ཡོས་ཡིན་སྙམ།

ད་དུང་རྩོམ་པ་པོ་དད་སྒྲོ་ལགས་ནི་ལས་དང་པོ་ཞིག་ཡིན་པ་དང་། ཁོང་གིས་སྐན་དེབ་འདིའི་ནང་གི་བརྩམས་ཆོས་རེ་ཟུང་རྩོམ་གྱི་བསམ་བློའི་ནང་དོན་སྟོན་པ་དང་སྒྲིག་གཞིའི་ཁོག་འབུབས་པ། རྗོད་བྱེད་ཀྱི་ཉམས་གཏོང་པ་སོགས་ཀྱི་ཆ་ནས་ད་དུང་ན་ཡོངས་སུ་མ་སྨིན་པའི་ཚོད་དུ་ལུས་ནས་མཆིས་པར་སྣང་། འོན་ཏེ་གསར་རྩོམ་གྱི་ལམ་འདིར་ཐོག་མར་འཇུག་མཁན་ཞིག་ལ་མཚོན་ན་དེ་ནི་མི་འོས་པ་ཞིག་ཡེ་ནས་མ་ཡིན་སྐབས། འདིར་གུས་ཕྲན་ནས་ཀྱང་ཆེད་དུ་ཞུ་བར། སྐན་ངག་གསར་རྩོམ་གྱི་ལམ་འདི་ལ་ལེགས་པར་དགའ་བའི་གསར་བུ་བྱེད་ནས་མ་འོངས་པར་མུ་མཐུད་བློ་རྩ་བརྟན་པོས་རང་གིས་སྐན་ངག་གི་བག་མ་དགའ་བས་བསུ་བའི་འདུན་པ་སྙིང་ལ་མཆོངས་ལ། དག་པའི་ཞིང་ངམ་དཔྱིད་ཀྱི་དཔལ་ཡོན་ནམ། སྙིང་གི་དགའ་མའམ། དད་པའི་རྟེན་དུ་གྱུར་པའི་སྐན་ངག་གི་ལྷ་མོ་གང་རང་ཡིད་རྣམ་པར་དག་པའི་མཆོད་གཞོམ་ནང་འཚོ་བའི་སྙིང་པོས་མཆོད་བཏུབ་པའི་རེ་སྨོན་བཟང་པོ་སྐུལ་འདེབས་ཀྱི་ཚུལ་དུ་ཞུས་པ་ལགས།

ཨོ་རྒྱན་བསྟན་དར་དུ་འབོད་པས།
༢༠༢༡ལོའི་ཟླ་༡ཚེས་༨ཕྱི་ཆར།

དཀར་ཆག

སྔོན་འགྲོའི་གཏམ།……………………………………………………1

གཅིག　རྒྱབ་རིར་འཁོར་བའི་དབྱངས་རྟ།

སྙན་ངག་གི་ཞིབ་རྟོག……………………………………………………2

རྨི་ལམ་གྱི་བར་དུ།……………………………………………………4

སེམས་ཀྱི་རྒྱབ་རི།……………………………………………………5

ང་ཚོས་སྙན་ངག་ཅིག་འབྲི་རན།……………………………………………7

མཚན་མོའི་སྙན་ངག……………………………………………………8

ཁྱོད་སོང་ཤུལ་དུ།……………………………………………………10

ལམ།……………………………………………………………12

གཅེས་ཕྲུག་ཚོ། ད་ནི་འཕུར་ཤོག…………………………………………13

སང་ཉིན་ལ་དགའ་བའི་ང་ཚོ།……………………………………………16

དོགས་སློང་།……………………………………………………18

ལམ་ཚུང་རྣམ་གསུམ།……………………………………………………20

རང་དབང་ཅན་གྱི་མཚན་མོ།……………………………………………22

ཁྱེད་སོས་དལ་དང་ཕེབས་ཤོག…………………………………………23

ད་ནི་ཚོང་པ་ཞིག་བྱེད་འདོད།……25
མགོ་གཉིས་མ།……27
གཟའ་མཇུག་གི་ཟླན་ཀ……29
རྒྱང་རིང་དུ་ལུས་པའི་སྙན་ངག……30
འཚོ་བའི་ངོ་རིས།……31
ཁྱོད་ཀྱི་ཆེད་དུ།……33
ཁན་གོག་གི་ཞུ་འཕྲིན།……35
ཉིང་པ།……37
སྐད་འཕྲིན་གྱིས་མག་པ་འཁྱུག་དབྱིངས་བསུས་རྗེས།……38
སྙན་ངག་པའི་མཚན་མོ།……42
ངོ་ཚུབ། ང་རང་ལ་བཟ་རྟགས་མི་འདུག……44
སྙན་ངག་མ་འབྲི། སེམས་གཙང་མ་ཉོ།……46

གཉིས། རྒྱབ་རིར་ཟླན་པའི་སེམས་རྟེན།

ནད་པ་ཞིག་མཐོང་རྗེས།……48
བདག་གི་སྐལ་ཚོགས་སུ་ལྷུང་བའི་ནམ་མཁའ།……50
འཁྲིང་སེམས།……51
སྐེ་ལས་ལྷུང་བའི་ཕྲེང་བ་ཟད་པོ།……53
སྐེའུ་ཁྲུང་ཕྲ་མོ།……54
སྐྱིགས།……56
རྔང་ཞིང་གི་གསེང་ནས།……57

འཇིག་རྟེན་གྱི་ཕྱི་ནང་། 59
ལོ་དེར་ང་རང་རྒྱས་མ་ཞིག་ཡིན། 61
དྲན། 62
ཡུན་རིང་ལུས། 64
ང་ཚོ་འདི་ལྟར་གསོན་ཐུབ་བམ། 65
ང་རང་སྨྲར་ཚོག 67
ངའི་སྐད་ཆ། 69
འདྲིས་ཆེ་བའི་ཁྱོད་ཀྱི་རྒྱབ་གཟུགས། 70
རིན་ཐང་གི་ཐ་སྙད། 72
ཁོམ་དུས། འགྲོད་དུས། 74
སྣང་བ་བན་བུན། 75
ཤོག་དཀར། 77
ང་སུ་ཡིན་མ་འདྲི་རོགས། 77
ཁ་ཡར་ནང་གི་སེམས་འགྱུ། 79
དྲ་ཐོག་གི་མགྲོན་པོ། 81

གསུམ། རྒྱབ་རིར་སྙེག་པའི་དུས་ཚིགས།

སྟོང་ལོ། 84
ཁ་བ་བབས་རྗེས། 86
ཁྲུག་རྡ་ཕེབས་བྱུང་། 89
ཟླ་ཚོད། 91

སྟོན་གྱི་མཚན་མོ།……92
ནམ་ཟླ་ཡོལ་སོང་། ཁྱེད་གང་དུ་ཡོད།……94
དུས་ཚོད་ཀྱི་ཀང་རྗེས།……96
དབྱིད་ཆར་ཁྲོད་ཀྱི་ཁུག་རྟ།……98
ལོ་གསར་པའི་སེམས་འཕྲིན།……100
རྒྱང་རིང་།……101
ཁ་བའི་འབབ་ཚུགས།……103
ཟླ་བ་དྲུག་པ།……104
དབྱར་མཇུག་གི་མེ་ཏོག……107
དྲན་པ་རབ་རིབ།……109
ཟླ་བ་དང་པོ་ཕྱི་མ། ལས་འགོ་ཚུགས་པའི་སྤྲ་མ།……110
དབྱིད་ཀྱི་ཁ་བ།……112
འཆར་སྣང་གསར་པ།……113
ས་ག་ཟླ་བའི་སེམས་འགྱུ།……114

བཞི། རྒྱབ་རིར་རྟུམ་པའི་བརྗེ་བ།

འབྲོག་ཐང་གི་སྨྲེ་ངག……116
འབྲོག་མོའི་རྒྱང་གླུ།……117
ཡར་ཆབ་གཙང་པོའི་རྨི་ལམ།……120
ལྷ་སའི་ཞལ་རས།……122
དྲིན་ཆེ་བའི་ཡར་ཀླུང་།……124

བརྗོད་མི་ཚར་བའི་འཕྲོངས་རྒྱུས།……127
ཆེས་མཐའ་མའི་སྐྱི་དག……129
འཕྲོངས་རྒྱུས།……131
ཕ་ཡུལ་མོག་པ།……133
ཡར་ཀླུང་དུ་ལོག་པ།……134
སེམས་ཀྱི་སྣོ་མོ་ཕྲེ་རོགས།……136
མོན་ཕྲུག་གིས་ལི་ཐང་བསྐོར་བ།……138
ཕ་ཡུལ་མོག་པའི་ཆོས་བཅུ།……140
འགྲུལ་བཞུད་ཁྲོད་ཀྱི་བློས་བསླངས།……143
ཞོག་ཁོག་དང་འཁོར་བ།……145
དཔེ་ཚའི་འཕྲབ་སྟོན།……146

༄། རྒྱབ་རིར་ལུས་པའི་བསམ་གཞིགས།

སྐད་ཆའི་ལྷན་པ།……149
དམངས་ཀྱི་ཆེད་དུ།……150
སེམས་ཀྱི་རྒྱང་བསྐྱོད།……152
སྙིང་གཏམ་ཐང་ཁྲུག་གང་།……154
སྨམ་གོས་སུ་བསྒྲིལ་བའི་མེས་པོ།……156
ཐ་སྙད་འདས་མ་ཐག་པ།……157
ལོ་གསར།……158
སྒོ་ཕྲུགས།……160

ཆད་ཐོ་དང་དྲན་ཐོ།……162
སློབ་གྲོགས།……163
ངང་སྒྲུག……166
ལྷོ་རྫོ་བའི་མི་བུ།……168
ཟླ་འོད་དང་རྨི་ལམ།……170
རྒྱང་བཞུད་ཀྱི་རི་གྲོང་།……172
དྲན་ངོགས་སུ་རྫོག་བཞིན་པའི་རྒྱབ་གཟུགས།……174
མི་ཚེར་ཡོང་དགོད་ཅིག་ཤོར།……176
མེས་རྒྱལ་གྱི་མེ་ཏོག……178
འགྲུལ་བཞུད་ཀྱི་ཕྱིར་དྲན།……179
ནམ་ཉིན་མོ་ཞིག་ལ།……181
སྙིང་ཉེ་བའི་ཐ་སྙད།……183
ཁྲིད་རང་ཀས་འདུག……186
མགྲིན་ཚབ།……189
ལོ་བརྒྱའི་གསང་བ།……190
མཇུག་བྱང་།……191

གཅིག རྒྱབ་རིར་འགོར་བའི་དབྱངས་རྟ།

ཡར་ཀླུང་གི་ས་གཞི་ཆེན་པོ།
ཅི་ཡང་བཏབ་ཆོག་པའི་ཞིང་ས་གཤིན་པོ།
ཅི་ཡང་འབྲི་ཆོག་པའི་ཤོག་དཀར་འཇམ་པོ།
དཔྱོད་ལྡན་གྱི་སྨྱུག་ཁ་སློད་ན།
གནས་འདིར་ཞིམ་མངར་གྱི་གསོལ་ཚིགས་ལོས་ཡོད།

སྙན་ངག་གི་ཞིབ་རྟོག

ཤམ་ཆུའི་སླུ་སྒྲུར་ཡང་ཡང་ཉན།
ཡར་ཀླུང་གི་སྙན་ངག་ཡིད་ལ་སྒོམ།
སྨུག་ཐོགས་པ་ཚོའི་སེམས་པ་ཡང་ཡང་བསླུགས།
འདུ་འཛོམས་ཀྱི་རྟ་དམག་ཧྲག་པོ་འདི་ཚོར།
ཀྱན་ཐོང་①ནས་སྙན་ངག་གི་རྒྱུས་གཞིའི་ས་ཁྲ་བཀོད།
ཁུག་རྟ་②ཡིས་སྙན་ངག་གི་ཕྱིར་རྟོག་ཡི་གེར་ཕབ།
བདག་གི་སེམས་ཀྱི་ས་གཞིར་མར་རྒྱམ་གྱི་དྲི་ཞིམ་འཕྱུལ།

དགུན་རླུང་གྲང་མོས་འགྱུལ་མི་ཐུབ་པའི་ཡར་ཀླུང་།
སྙན་ངག་གི་ཤུར་སྒྲས་ལན་གཅིག་གཡོ་བར་བྱས།
ཡར་ཀླུང་དུ་མི་གཞོན་པའི་དགའ་འཐོད་ཀྱི་ཐ་སྙད་འདི་དག
བདག་གི་རུས་པའི་གཏིང་རིམ་དུ་བདེ་བར་སིམ།

རྟ་དམག་ཧྲག་པོའི་འདུ་འཛོམས་ཐུང་དུ་འདིས།
དགའ་སྐྱོ་ཡོད་ཚད་སེམས་ཀྱི་ཟླ་མའི་ནང་དུ་བསྐལ།

---

① བོད་ཀྱི་སྙན་ངག་པ་ཨུ་རྒྱན་རྡོ་རྗེ་ལགས།
② ལྷོ་ཁའི་སྙན་ངག་པ་ཟླ་དགྲ་ལགས།

མངར་སྐྱུར་གྱི་རོ་བརྒྱ་ངའི་ཉེ་འགྲམ་དུ་སྤྱངས།

སྙན་ངག་པས་སྙན་ངག་འགྲེལ་དུས།
སྐད་ཆའི་གསེར་ཐིགས་བདུད་རྩི་བཞིན་འབབ་བྱུང་།
སྙན་ངག་ཅེས་པའི་གོ་དོན་ཅི་ཞིག་ཡིན།
ད་ནས་བཟུང་། ང་ལ་གཏན་ནས་མ་འདྲི་རོགས།

རྨི་ལམ་གྱི་བར་དུ།

རྨི་ལམ་རྨི་རྒྱུ་ཡོད་པ་བདེན་རྟགས་སུ་གྲུབ་ཟིན།
ཁོ་བོའི་རྨི་ལམ་རིལ་བུ་ཞིག་འཐོར་ནས་ཡུན་རིང་སོང་།
རྨིས་ཟིན་པའི་རྨི་ལམ་དེ་དག་དོན་དུ་འཁྱོལ་མ་བྱུང་།

མདུན་ངོས་ཀྱི་ལྷ་མོ་མཚར་སྡུག་པས།
དོ་ནུབ་ཅི་ཞིག་རྨིས་སྲིད་པ་སུ་ལ་འདྲི།
ཕུགས་འདུན་ཡོད་ཚད་རྨི་ལམ་དུ་འཆར་ཐུབ་ན།
མ་འོངས་མངོན་ཤེས་ཀྱིས་བདག་པོ་ང་ཡིན་ངེས།
ཡིན་ནའང་། རྨིས་ཟིན་པ་དེ་དག་བདེན་མ་བྱུང་།

ཁ་ཆེན་པོ་མང་པོ་གདངས་ཞིང་།
ཉ་ཟུང་རིང་པོར་བསྟར་བའི་འཛིག་རྟེན་འདི།
རྨི་ལམ་གྱི་བདག་པོ་ཡིན་ངེས་པས།
རོ་བརྒྱ་ལྡན་པའི་རྨི་ལམ་ཞིག
གནས་གང་ཞིག་ཏུ་སྦས་བསྐུངས་བྱས་ཡོད་དམ།

སེམས་ཀྱི་རྒྱབ་རི།

དབྱངས་གསལ་སོ་བཞིའི་སྤྲུ་སྒྲ།
སེམས་ཀྱི་རྒྱབ་རིའི་ངོས་སུ་འཐིམས།
མིག་ཟུར་སྟོང་ཕྲག་མང་པོ་ཁྱོད་ལ་ཁེན་འདུག
ཡུལ་མི་ཚོས་མི་རབས་ནས་མི་རབས་བར་དཔུང་རྟང་བསྒྲིགས་ཏེ།
བརྩིབ་ཚོག་ཚོག་གི་རྒྱབ་རི་སྨུག་པོ་འདི་བརྟེགས་ཡོད་པ་སུ་ཡིས་ཤེས།

ཡིད་ལ་ལྷང་ལྷང་འཁོར་བའི་སྤྲུ་སྒྲ་སྙན་པོ།
རྒྱབ་རིའི་དབང་ཕྱོགས་ནས་སྒྲོག་དུས།
ཕ་ཡུལ་གྱི་ས་གཞི་ཆེན་པོར།
མར་རྩམ་གྱི་དྲི་ངད་འཕྱུལ།

རྒྱབ་རིའི་ངོ་གདོང་ལ་སེམས་པ་སླན་ཆེ།
མིང་ལ་བཀྲ་ཤིས་དང་སྒྲོལ་མ་ཟེར་བའི་མིང་སྲིང་མང་པོ་ཞིག
གནས་འདི་ནས་ལང་ཚོའི་རྩ་བ་ཚུགས།

ཕ་མེས་ཀྱི་ངོ་གདོང་ལ་སྨུམ་ཆིལ་ཐུག་པོད་མཁན།

སེམས་ཀྱི་རྒྱབ་རི་ལས་དྲིན་ཆེ་བ་གཞན་སུ་ཡོད་དམ།
ནོར་དང་གཡང་ལ་བརླིས་པའི་རྒྱབ་རི་མཛེས་པོ།
དུས་ནམ་ཡང་ངའི་སེམས་པའི་དད་རྟེན་ཡིན།

ང་ཚོས་སྨན་ངག་ཅིག་འབྲི་རན།

དཔྱོད་པ་ས་འོག་ཏུ་མ་འཇུལ་བའི་སྔོན་དུ་ང་ཚོས་སྨན་ངག་ཅིག་འབྲི་རན།
ཞིང་ཐང་སྐྱ་བོར་མ་འགྱུར་བའི་སྔོན་དུ་ང་ཚོས་སྨན་ངག་ཅིག་འབྲི་རན།
མཛུབ་མོའི་རིང་ཐུང་མ་སྐྱོམས་པའི་སྔོན་དུ་ང་ཚོས་སྨན་ངག་ཅིག་འབྲི་རན།
བདེ་ལྡན་རི་དྭགས་མ་འཛོགས་པའི་སྔོན་དུ་ང་ཚོས་སྨན་ངག་ཅིག་འབྲི་རན།
བདེ་སྡུག་བར་བརྒྱལ་གྱི་མཚམས་སུ་ང་ཚོས་སྨན་ངག་ཅིག་འབྲི་རན།

རྒྱུས་མེད་ཡུལ་ནས་འབོད་བརྡ་མ་འབྱོར་བའི་སྔོན་དུ།
ངོས་སྦྱོར་གྱི་དཔང་པོ་ཡག་ཤོས་ནི་སྨན་ངག་ཡིན་འདུག
སྨན་ངག་དང་འདྲ་བའི་མི་ཚེའི་ཤོག་ལྷེ་རེ་རེའི་སྟེང་དུ།
རང་ཚུགས་ཐུབ་པའི་དྲི་ལྡན་གྱི་མེ་ཏོག་ཅིག་གདབ་དགོས།
རྩོམ་གྲོགས་ཚོ། ང་ཚོས་སྨན་ངག་ཅིག་ཅི་ནས་ཀྱང་འབྲི་རན།

མཚན་མོའི་སྣང་ངག

གྲོང་ཁྱེར་གྱི་མཚན་མོའི་མཛེས་པ་ཡོད་ཚད།
གློག་འོད་སྒྲོང་ལྷན་གྱི་ཐུམ་དུ་འཛུལ།
བདེ་སྐྱིད་བསྐྱེར་བའི་གླུ་བ་བག་ཡངས་སུ་རྒྱུ།
དགའ་སྤྲུག་གི་གསང་བ་ཡོད་ཚད།
མཚན་མོའི་ངོ་ལ་འཐིམས་པའི་སྣང་ངག་ཡིན།

དབྱངས་ཅན་མའི་རྒྱུད་སྐུད་སྙོད་པའི་མཚན་མོ་འདིར།
རི་གྲོང་གི་འཛིག་རྟེན་མུན་པར་དབང་ཡང་།
བདག་ལ་སྣང་ངག་ཡོད་པའི་རྐྱེན་གྱིས།
བསུ་བཞིན་པ་ཡོད་ཚད་སྣང་བ་ཡིན།
ཕྱི་གསལ་ནང་གསལ་གྱི་སྣང་བ་ཡིན།
ཁྱི་བཞིན་པའི་སྣང་ངག་འདི་དག
སྤྲོ་སྣང་ཆེན་པོས་དགོད་ཀྱིན་འདུག

ངའི་སྙིང་མི་ཚར་བའི་འཆར་སྒོ།
སྐྲུ་རེངས་མ་སླེབས་པའི་སྔ་རོལ་དུ།

ཡིད་བརྟན་མཚོན་པའི་སྐད་ངག་ཏུ་སྦྱོབ་དགོས།

སྐད་ངག   མཚན་མོའི་སྐད་ངག

འོད་སྣང་དུ་སྦྱུམ་པའི་ངའི་མཚན་མོའི་སྐད་ངག

ཁྱོད་སོང་ཤུལ་དུ།

ཁྱོད་སོང་ཤུལ་དུ།
རང་དབང་གི་ནམ་ཟླ་འདི་འཁྱགས་སོང་།
སྔོན་འགོ་ནས་ཀྱི་རིང་ཞིག་བཏབ་ཀྱང་།
སྔོན་མཇུག་གི་ནམ་ཟླ་འདི་ལངས་ཐབས་ཡེ་ནས་མི་འདུག
འཛུམ་ཆུང་སྔོན་མཁན་ཁྱེད། རྒྱང་རིང་དུ་སོང་ཟིན།
རྒྱང་རིང་ནས་རྒྱང་རིང་དུ།......

ཁྱོད་གང་ཞིག་ཏུ་ཆས་ཀྱང་།
འོད་ཆེམ་ཆེམ་འཕྲོ་བའི་ལམ་ཞིག
ཅི་ནས་ཀྱང་རྙེད་པར་ཤོག

ཁྱོད་སོང་ཤུལ་དུ།
སྡུག་བསྔལ་རྒྱ་མཚོ་བཞིན་འཁྲུག
མི་ཚོར་དྲིས་ན། ཚེ་ཚད་ཀྱིས་ཁྱེར་སོང་ཟེར།
བདེན་པ་ཞིག་ཨེ་ཡིན།

ཁྱོད་སོང་ཤུལ་དུ།
དྲན་སེམས་ཀྱི་མཚོ་མོ་ཡང་ཡང་བསྐྱོམས་ཡོད།
སྡུག་བསྔལ་གྱིས་རིལ་བུ་བཙན་གྱིས་མིད།
སྐྱོ་སྣང་གི་མིག་ཆུས་ཁྱོད་ཉིད་ཁོ་ན་བསམ།

ཁྱོད་སོང་ཤུལ་དུ།
སེམས་སྡུག་གིས་བཟི་བའི་ལོ་ཟླ་རལ་པོ་འདི།
སྣང་བ་ཐུང་ཞིང་མུན་པ་རིང་དུ་སོང་།
སེམས་འཁྲུག་གི་ལྷན་པ་དགུ་བརྩེགས་འདི་བསྒྲིགས་ནས།
རྨ་ཁས་བཏུམས་པའི་ལོ་ཟླ་འདི་བརྗེད་མ་ཐུབ།
ཁྱོད་སོང་ཤུལ་དུ།

ལམ།

གསལ་བྱེད་སྲུམ་ཅུའི་འོད་སྣང་གིས་བསྐྲུན་པའི་ལམ་ཆུང་སྟེང་།
ང་ཚོའི་ཚེ་སྲོག་གི་ཐང་ཆུང་ལྡིད་ཏིག་ཏིག་གིས་སྤྱོ་གིན།
བྱམས་དང་སྙིང་རྗེར་ཕྱིར་ལྷ་བྱེད་ཀྱིན།
ནམ་ཡང་སོང་མི་ཚར་བའི་ལམ་ཞིག་འཛིན་ཡོད།

སྐྱོ་གདུང་ལྡིད་མོ། སེམས་ངལ་ཐར་ཐོར།
ལམ་གྱི་རྗོག་ཁྲིས་ཡིན་པར་མ་སེམས་རོགས།
སྔོན་བྱོན་དམ་པ་ཚོས།
ང་ཚོར་དཔའ་སྟོབས་ཀྱི་དར་ལྕོག་ཅིག་བཙུགས་ཡོད།
སྨོན་འདུན་སྔར་མོ་གང་བསྒམས་ནས་ཤར་རེར་བསྐྱོད་ཚོག

ང་ཚོས་ལམ་ལ་གཅེས་སྐྱོང་བྱེད་དགོས།
ལམ་ལ་དཀྲུག་མཚམས་མང་བ་ནི་ཐོག་མའི་རང་གཤིས་ཡིན།
ལམ་ནི་འཚོ་རྟེན་ཞིག་ཡིན།
འཚོ་རྟེན་གྱི་སྙེ་མོར་བཏགས་པའི་བླ་གཡུ་དེ་ཡིན།

གཅེས་ཕྲུག་ཚོ། ང་ཉི་འཕུར་ཤོག

ཀ

སྙིང་ཉེ་བའི་གཅེས་ཕྲུག་ཚོ།
གནས་བཟོད་བདེ་པོའི་ངང་ནས།
རིག་གློང་བརྗོལ་བའི་སྒོ་ནས།
མཁའ་ལམ་བདེ་མོར་འཕུར་ཤོག
ཤེས་དཔལ་དང་ཚན་རྩལ་གྱི་ལག་ཆ་བསྣམས་ཏེ།
ཆུ་ལུད་འཛོམས་པའི་དཔེ་ཆའི་ཞིང་ས་རྒྱ་བར་འཕུར་ཤོག

ཁ

གཅེས་ཕྲུག་ཚོ། དགའ་སྣང་དང་དད་གུས་ཐོགས་ཏེ།
རེ་བའི་གཤོག་ཟུང་རྫེབ་ཀྱིན། བདེ་སྐྱིད་ངང་འཕུར་ཤོག
ཁྱོད་ཚོར་དྲི་མེད་ལྷ་དར་དཀར་པོའི་སྐྱེ་འདྲེན་ཡོད།
ང་ཉི་དགུང་སྔོན་གྱི་དབྱིངས་སུ་འཕུར་ཤོག
ཐང་འོག་ཏུ་ཡངས་ཤིང་ཁོད་སྙོམས་པའི་ས་གཞི་ཡོད།
མགོ་ཐོག་ཏུ་མེ་ཏོག་ལྟར་བཀྲ་བའི་སྐར་ཚོགས་ཡོད།

ག

གཅེས་ཕྲུག་ཚོ། ད་ནི་འགྱོད་པ་མེད་པར་འཕུར་ཤོག
དད་བརྩོན་གྱི་ལམ་བུར་སྙོམ་ཆང་དྲངས་ཡོད།
ཤེས་རབ་ཀྱི་བདུད་རྩི་འཐུང་བར་ཕེབས་ཤོག

ང

གཅེས་ཕྲུག་ཚོ། སོམ་ཉི་མེད་པར་འཕུར་ཤོག
གཉོན་ཤུགས་ཆེ་ཡང་སྡུག་དོན་མེད།
འཕུར་མཆོང་གི་ཚ་རླབས་འཕྱུར་བའི་ལམ་བུར།
བྱམས་བརྩེའི་འཚོ་གནས་ཀྱི་རྒྱབ་རི་བརྟན།
རྒྱུན་བསྐྱངས་གསར་གཏོད་ཀྱི་མ་འོངས་མཛེས།

ཅ

གཅེས་ཕྲུག་ཚོ། ད་ནི་འཕུར་ཤོག
རྩི་ལམ་ལ་རང་དབང་ལྡན་པའི་གཅེས་ཕྲུག
ཕུགས་བསམ་གྱི་ལམ་སྟེ་ཟིན་པའི་གཅེས་ཕྲུག
མ་འོངས་པའི་འོད་སྣང་གི་སྒོ་མོ་ཁྱེ་རོགས།

ཆ

གཅེས་ཕྲུག་ཚོ། ད་ནི་འཕུར་ཤོག
སེམས་ངལ་གྱི་ལ་མོ་བརྒྱབ་ཟིན།

གེགས་བར་གྱི་བྲག་རི་བརྒལ་ཟིན།
སེམས་པའི་ཨ་ཕོང་སྦྲེལ་ཏེ།
སྤོབས་པ་ཆེན་པོས་རིག་སློང་བརྩོལ་ནས་འཕུར་ཤོག

སང་ཉིན་ལ་དགའ་བའི་ང་ཚོ།

དེ་རིང་གི་ཁོམ་པ།
གང་ནས་བྱུང་བ་མི་ཤེས།
ལས་བྲེལ་མེད་པར་ཁ་བརྡ་མང་པོ་བཪྫོད་ཀྱིན།
སྒྲོ་སྣང་ཆེན་པོས་ཁ་པར་ནང་དུ་འཛུལ་གྱི་ཡོད།

དེ་རིང་གི་འཆར་གཞི་ཨམ་ཕྲག་ནང་ནས་བོར།
བློ་ཕམ་སློ་མ་གང་འཁུར་ནས་ནང་དུ་ལོག
ཁ་སང་བརྗེད་ཀྱིན་སང་ཉིན་ལ་སྐྱབས་བཅོལ་ཞུས།

ང་ཚོའི་འཆར་གཞི་དང་ལག་ལེན་འཆམ་པོ་མེད།
དེ་རིང་འཆར་གཞི་བཟོས་ནས་སང་ཉིན་ལ་སྐུར་གྱིན་ཡོད།
སང་ཉིན་ནམ་མ་འོངས་པ་ལ་སྐུར་གྱིན་ཡོད།
ཡིན་ནའང་། ལག་ལེན་དང་འཆར་གཞི་བར་ཐག་རིང་།

ལས་བྲེལ་མེད་པའི་ང་ཚོས།
ངོ་མི་མཉམ་པའི་ཐོབ་ཐོར་གཏིང་ནས་བརྗེད།

དེ་རིང་ཉིན་མོ་སང་ཉིན་དུ་འབྲུལ་བཞིན་པའི་ངེད་ཅག
ནམ་ཡང་དུས་ཚོད་ཀྱི་རྐང་ཆུང་སྒྲོ་བ་མཐོང་འདོད་མེད།

ང་ཚོར་དེ་རིང་རྙེད་དཀའ་ཡང་སང་ཉིན་རྫོགས་རྒྱུ་མེད།

རྫོགས་སློང་།

ཕ་མེས་ཀྱི་བློ་གྲོས་ གླིགས་བམ་དཀྱིལ་དུ་བསྒྲིལ།
ཡང་མེས་ཀྱི་སྙིང་སྟོབས་དཔེ་ཁྲི་ཡི་སྟེང་དུ་བསྟེགས།
ང་ཚོའི་ཁོག་ཏུ་ལྡིང་བཞིན་པའི་རྣམ་དཔྱོད་འདི།
ཡང་སྙིང་སྲུ་ཞིག་གིས་ང་ཚོར་བཞག་པ་ཡིན་ནམ།
ཁོག་པར་རྫོགས་འདྲི་མང་པོ་སླན་དགོས་འདུག

དོན་དུ་ང་ཚོས་སྤྱོད་བཞིན་པའི་བློ་རིག་འདི་སྙིང་པ་ཨེ་རེད།
དེང་རབས་ཀྱི་མི་བུ་འདི་དག་ལ་རྣམ་དཔྱོད་མེད་པ་ཨེ་ཡིན།
"རྩོམ་ཡིག"ཏུ་ཕབ་པའི་ཡིག་འབྲུས་སྙིང་རླུང་སློང་གིན་འདུག
ང་ཚོའི་ཁོག་ཏུ་སྦས་པའི་རྫོགས་འདྲིའི་སྙིང་དམར་འདི།
ཡང་སྙིང་སྲུ་ཞིག་གི་ཆེད་དུ་འགུལ་གྱིན་ཡོད་དམ།

ང་ཚོའི་རིག་པས་སློང་དགོས་པའི་མདུན་སྣ་ཆེན་མོ།
སྨན་པའི་གློང་ནས་འཛིན་དགོས་པའི་དབྱངས་གསལ་གྱི་ལག་ཆུང་།
སྨྲ་བརྗོད་རང་དབང་ཡིན་པའི་གར་སྟེགས་ཀྱི་སྟེང་ནས་སློབ་མ་བྱུང་།
རྫོགས་སློང་ནི་དབྱངས་གསལ་གྱི་སྐལ་ཚོགས་ཤིག་ཡིན་ཚོག་ཨང་།

ངོགས་སློང་། ངོགས་སློང་། ངོགས་སློང་།
དཔྱིད་རླུང་འཛམ་པོས་དྲོད་མི་ཐུབ་པའི་ངོགས་སློང་གྲང་མོ།
ཨ་ལན་མེད་པའི་མོན་སྲུག་ཡུལ་པོར་གྱི་འཕྲུན་སྒྲ་དེའོ།

ལམ་ཆུང་རྣམ་གསུམ།

རྒྱུ་འབྲས།

ངས་གནམ་ས་ཡོམ་ཡོམ་དུ་འགྱུལ་ཐུབ།
རྒྱུ་འབྲས་ཇི་ཙམ་དཀྲུག་ཀྱང་འགྱུལ་མི་ཐུབ་པ་ཅི་ཡིན།
ལར་རྒྱུ་འབྲས་སྤྲིན་ནག་གིས་བསྒྲིབས་ནས།
མི་ལོ་ག་ཚོད་སོང་བ་རེད་དམ།
རྟ་བདུན་དབང་པོས་ཉིན་ལྟར་སྤྲིན་པའི་རྒྱབ་ནས།
ཁ་མིག་མུན་པ་བཞིན་གདངས་ཡོད་པ་ཁྱོད་ཀྱིས་མི་མཐོང་ངམ།

བསམ་ཤེས།

རང་རང་ལ་མགོ་བའི་རྒྱུ་ནོར་དེ་དག
མི་གཞན་ལ་དགོས་པ་དྲན་ཚེ།
བསམ་པའི་དྲན་ཤིང་ངོས་སུ།
སྐྱེས་པའི་ལོ་མ་དག་བསམ་ཤེས་མིན་ནམ།
ཡིན་ནའང་། ངའི་སེམས་པ་དོག་དྲགས་པའི་དབང་གིས།
བསམ་ཤེས་ཀྱང་དབུགས་ཏད་དེ་ལུས་འདུག

གུ་ཡངས།

རེ་བའི་བདག་པོ་གཉིད་ལ་ཡུར་དུས།

ཞིང་ཐང་རམ་པས་ཁེངས་ཀྱང་བསྐྱོད་སྒྱུ་ལེན།

ནམ་མཁར་ཉི་ཟླ་ཡོད་པས།

ང་ལ་གུ་ཡངས་གནང་རོགས་ཟེར་མཁན།

མེས་པོའི་སྤྲིན་རྟགས་མིན་ནམ།

གུ་ཡངས་ཁྱོད་ཚོར་དགོས་ན་སྣོམས་ཤིག

ང་ལ་དགོས་པའི་སྙིང་རུས་དེ་ལྷོད་པོར་འཇོག་རོགས།

རང་དབང་ཅན་གྱི་མཚན་མོ།

སེམས་པ་གྲང་མོ། སྐད་འཕྲིན་ལ་འཁྱུད་རྗེས།
ལག་པ་ཚ་པོས། ཡིག་རྗོག་ཁ་ཤས་འབྲི་འགོ་ཚུགས།
བྲི་བཞིན་པའི་བདེན་དོན། སྨུས་འགོའི་འགྲམ་ནས་འཁྱགས་སོང་།
ཕན་འབྲས་རླུང་གིས་དེད་ནས་བར་སྣང་དུ་གཡོ་དུས།
ཡི་གེའི་ཐོབ་ཐང་། མན་ངག་གཙང་མ་ཞིག་གིས་བཙུན་རོགས།
ང་ནི་རང་དབང་ཅན་གྱི་ཚིག་ཕྲད་ཅིག་ཡིན།
མཚན་མོར་རྒྱུ་བའི་རང་དབང་ཅན་གྱི་ཚིག་ཕྲད་ཅིག་ཡིན།

མཚན་མོར་བྲིན་ཁ་རྒྱུགས་ཤོས་ནི་སྤུ་གྲིའི་སྦྲང་རྩི་རེད།
སྦྲང་རྩིའི་ཆེད་དུ་མི་མང་པོས་མཚན་མོ་འཚོལ་གྱིན་འདུག
མཚན་མོར་རྒྱུ་བའི་མི་རྣམས་ལ་གྲིབ་གཟུགས་ཀྱང་མི་འདུག
བརྒྱ་ལོར་ཁྲི་ཆག་གིས་ཉོས་པའི་མཚན་མོའི་སྒྲོ་ཁང་ནང་དུ།
རང་ཚུགས་ཤོར་བའི་མི་བུས། ངོ་གདོང་ཕངས་མེད་དུ་འཚོང་གིན་འདུག
སྔ་ས་ནས་གཉིད་ཟིན་པའི་མི་དེ་དག   སེམས་གཏིང་ནས་སྙིང་རེ་རྗེ།
ང་ནི་རང་དབང་ཅན་གྱི་ཚིག་ཕྲད་ཅིག་ཡིན།
མཚན་མོར་རྒྱུ་བའི་རང་དབང་ཅན་གྱི་ཚིག་ཕྲད་ཅིག་ཡིན།

ཁྱེད་སོས་དལ་དང་ཕེབས་ཤིག

གྲགས་ཅན་གྱི་འཁྲབ་སྟོན་པ་ཞིག་ལ་རྗེས་དྲན་གྱི་ཚུལ་དུ།

ཤ་རུས་ཀྱི་ཕུང་པོ་འཇིག་རྟེན་ལས་འདས་པའི་ཡུལ་ཞིག་ཏུ་སོང་ཡང་།
ཟླ་སྒྲོག་ནི་སྔར་བཞིན་མི་ཡུལ་དུ་འཕོལ་བཞིན་འདུག
ངས་ཁྱོད་ཀྱི་མཚན་ནས་ཡང་ཡང་འབོད་པའི་སྒྲ།
བསོད་ནམས་ཅན་གྱི་མི་བུས་གསལ་པོར་ཐོས་འདུག
དགོད་སྒྲ་ང་ལ་བཞག   ཐེམ་པོ་དམར་རིལ་འཁྱེར་ནས་ཐོན་དོན་ཅི།
བདེ་བ་ང་ལ་བཅོལ།   ངལ་བའི་རྔུལ་ཆུ་བཏུངས་ནས་བཟི་དོན་ཅི།

གཞན་ཡུལ་དུ་སོང་རྗེས་ཀུ་རེ་སྨྲ་ས་ཡོད་དམ།
མི་སྐད་བརྗོད་སའི་གོ་ལ་གཞན་ཞིག་ཡོད་དམ།

ཁྱེད་ཉིད་སོས་དལ་གྱིས་མི་ཡུལ་ནས་ཕེབས་སྐྱེལ་ཞུས་རྗེས།
ངའི་བསམ་རྒྱ་ཆེ་བའི་ངོ་ཤེལ་ཆེན་པོ་འདི་འཆོགས་སོང་།
ངའི་དགོད་སྒྲས་ཁེངས་པའི་གར་སྟེགས་དམར་པོ་རྒྱུད་སོང་།
ངའི་ཨམ་ཕྲག་ནང་གི་གསེར་ཕོར་ཞབས་ཕྲ་ཅན་གས་སོང་།
ཁ་བོའི་ལྕེ་རྩེར་འཁྱིལ་བའི་ཟས་སྣ་ཡོད་ཚད་ལ་རོ་བཅུད་མི་འདུག

ང་མ། ཁྱོད་ཐོན་པ་སྔ་སོང་།
ཁོ་བོའི་གཞས་མ་གཏམ་གྱི་ཚིག་མཚར་པོ་བྲིས་ཚར་མེད།
འཚོ་བའི་ཀོ་གྲུ་ནར་མོ་སྤར་བཞིན་གྲུ་ཁར་ལུས་ཡོད།
ལོ་ཟླས་བཙུན་པའི་གཉེར་མའི་འཕྲེད་རྟགས་རིང་པོ་བཙོ་རྒྱུ་ཡིན།
ངའི་འཆར་གཞིར་འགན་ལེན་གྱི་ལག་བསྟར་སྤྲུར་རྒྱུ་ཡིན།
ཡིད་ཕངས་པ་ལ་ཨང་།
མགྲོན་ཞོག་ལག་ཏུ་མ་འབྱོར་བའི་སྔོན་དུ་ཁྱོད་ཐོན་ཟིན།
གསེར་འོད་འཕྲོ་བའི་རྣམ་དཔྱོད་ཀྱི་ཞལ་ཆེམས་སུ་ལ་བཞག་ཡོད།

ང་ནི་ཚོང་པ་ཞིག་བྱེད་འདོད།

མི་ཡུལ་དུ་ལས་གཉོད་ཀྱི་ཁྲིམ་ར་གསར་པ་ཁ་བ་བཞིན་བབས་རྗེས།
མི་རྣམས་འཚོ་བའི་བདེ་སྡུག་གི་བཞུགས་ཁྲི་རྩིག་གིན་འདུག
ཆམ་ནད་ཕྱིད་པོ་ཞིག་འཁྱུར་ནས་གྲོང་ཁྱེར་སྐྱུལ་བའི་ང་རང་།
མགོ་སྨན་མངར་མོ་ཞིག་ཉོ་རྒྱུར་ཡུན་རིང་འགོར་སོང་།
ཟ་ཁང་དང་ཚོང་ཁང་ནི་ལྷ་སྐྱུང་གི་འཆད་གནས་རྙིང་པ་ཡིན་པ་ཚོར།
སྒྲོལ་བཟང་ཞིག་འཚོང་བསམ་ཡང་གཞན་ཚོས་བརྐུས་ཟིན་འདུག
རིན་བྲལ་ལུས་པོའི་ཉོ་འཚོང་འདི་ཡང་སྔ་ས་ནས་ཕྱིར་འཚོང་བྱས་ཟིན།
བྲིན་ཁ་རྒྱུགས་པའི་གླ་གཡུ་ཡང་ང་ཡིས་ཕམ་འཚོང་བཏང་།

ཉིན་ལྟར་ཕ་མ་དང་དགེ་རྒན་ལ་ཁམས་བདེའི་འཚམས་འདྲི་ཞུ་དུས།
ཉིན་ལྟར་དཔེ་དེབ་དང་སྨྱུ་གུར་སྙིང་གཏམ་ཡང་ཡང་ཤོད་དུས།
མི་ཡུལ་འདིར་བཀའ་དྲིན་ཆེ་ཤོས་ནི་དུས་ཚོད་རེད་ཟེར།
འཁོར་ལྡན་ཚོས་དུས་ཚོད་བཙོངས་ནས་ཕྱུག་པོར་འགྱུར་བ་རེད་ཟེར།
དབུལ་སྐྱོར་གྱི་རྣམས་གྲངས་ཡག་ཤོས་དུས་ཚོད་བསྐྱུན་རྒྱུ་དེ་རེད་ཟེར།

ཉིན་དེ་ནས་བཟུང་།

ངས་ཉིན་ལྟར་འཁྲུམ་པོ་རྣམས་ལ་དུས་ཚོད་འཚོང་གིན་ཡོད།
ངས་ཉིན་ལྟར་སློང་མོ་རྣམས་ལ་དུས་ཚོད་ཕངས་མེད་ངང་སྦྱེར་གྱིན་ཡོད།
ངས་རྒྱ་ཆེའི་སྐུ་མགྲོན་རྣམ་པར་དུས་ཚོད་གང་མང་ཕྱུག་རྟགས་སུ་འབུལ་གྱིན་ཡོད།
ངས་གླུད་པ་ནག་པོ་ཡིན་པའི་སློབ་ཕྲུག་རྣམས་ལ་དུས་ཚོད་འཚོང་གིན་ཡོད།
དུས་ཚོད་ཀྱི་ཚོང་རྟགས་ལས་ངོམ་རྒྱུ་མེད་པའི་ངས།
བར་སྣང་གི་སྤྲིན་དཀར་ལ་གང་འདོད་བཞོན་ཏེ།
མི་ཡི་ཡུལ་དུ་དུས་ཚོད་འཚོང་བར་ཉུལ་གྱིན་ཡོད།
དུས་དེ་ནས་ང་རང་ཕྱུག་བདག་རྩམ་པ་སློང་མཁན་ཞིག་ཏུ་གྱུར།

མགོ་གཉིས་མ།

འགྲུལ་པ་མགོ་གཉིས་མའི་རྐང་འོག་ཏུ་ལམ་གཉིས་མནན།
སེམས་པའི་དྲང་འཁྱོག་གཉིས་ཀྱི་བར་ན་བདེ་སྡུག་སྤྲས།
ཁྱོད་འགྲོ་དུས་སྡོད་འདོད་ལ། སྡོད་དུས་འགྲོ་འདོད།

ཁྱོད་ཀྱི་མདུན་ངོས་ཀྱི་རྐང་ལམ་ཕྲ་མོ།
གཞུང་ལམ་དུ་གྱུར་ནས་ལོ་ངོ་མང་པོ་འདས།
བསྐྱོད་བདེ་ཞིང་འཁྲུལ་སླ་བའི་གཞུང་ལམ།
ཁོད་ཡངས་ཤིང་དོ་མཉམ་པའི་གཞུང་ལམ།
རྒྱུན་མཐུད་ནས་ཇི་ཡངས་སུ་སྐྱུན་གྱིན་ཡོད་མོད།
བཙོན་སེམས་མེད་པའི་འགྲུལ་པ་མགོ་གཉིས་མ།
ལམ་གྱི་སྣེ་མོར་མགོ་བོ་རྨས་ནས་ལུས།
ཡངས་པའི་གཞུང་ལམ་གྱི་ཁོག་པ་ཚ་པོ།
འགྲུལ་པ་ཁྱོད་ཀྱིས་གཟིགས་ནུས་སམ།

མདའ་ལྟར་འཕྱོང་བའི་གཞུང་ལམ།
གཞུ་ལྟར་འཁྱོག་པའི་འགྲུལ་པ།

འཁྲུལ་བཞུད་ཀྱི་དམིགས་ཡུལ་བོར་རྗེས།
མིག་མདུན་གྱི་གཞུང་ལམ་ནག་རིལ་དེ་འཚོགས་སོང་།

སང་ཉིན་ལ་དགའ་བའི་འཁྲུལ་པ་མགོ་གཉིས་མ།
ཏང་ཆུང་གཞུང་ལམ་དང་བར་ཐག་ཉེ་ན་ཡང་།
སེམས་པ་འཁྱོག་པོ་ད་དུང་གཞུང་ལམ་ཐོག་ཏུ་འཁོར་མེད།

འཁྲུལ་པ་མགོ་གཉིས་མ།
འཐོམ་ཞྭ་ལྷང་ཁུ་དེ་ཕུད་རོགས།

གཟའ་མཇུག་གི་ཨླན་ཀ

ངས་གཟའ་མཇུག་གི་ཇུམ་ནས་སླན་ངག་ཅིག་འབྲི་འདོད།
ཡིན་ནའང་། འཆར་སྒོ་གྲང་མོ་ཧྲོད་པའི་མེ་ཐབ་ཞིག་རྙེད་ཀྱི་མི་འདུག
ཚོར་འདུ་འཁྲུམ་པོ་དེ་ཡང་གྲོང་པའི་དཔལ་འཛོམས་ཀྱིས་འཁྲིད་སོང་།
གཟའ་མཇུག་སྤྲུང་བའི་རྒྱལ་སྒོ་འདི་རྒྱག་ཐབས་ཡེ་ནས་མི་འདུག
ངས་གཟའ་མཇུག་སྤུས་སུ་བྱས་ནས་སྐྲུང་གཏམ་ཞིག་འབྲི་འདོད།
ཡིན་ནའང་། བྲི་བཞིན་པའི་སྣང་བརྙན་ལས་བརྩེ་མདངས་མངོན་རྒྱུ་མི་འདུག
ངའི་སྐྲུང་ནང་གི་མི་སྣ་གཙོ་བོ་ར་བཟི་ལྷག་པས་འཁྲིད་སོང་།
ཐློ་ཕམ་གྱི་རྗོག་ཁྲིས་རྒྱལ་སྒོའི་ནང་དུ་གཞོང་གི་མི་འདུག
ད་ནི་གཟའ་མཇུག་སྤྲུང་བའི་རྒྱལ་སྒོ་འདི་རྒྱག་ཐབས་ཡེ་ནས་མི་འདུག

བརྩེ་ལྡན་གྱི་གློག་པ་པོ་ལགས།
ངས་སླན་ངག་འདིའི་ཡིད་བརྙན་འབྲི་མ་ཐུབ།
ངས་སྐྲུང་གཏམ་འདིའི་མི་སྣ་གླེང་མ་འདོད།
གང་ཡིན་ཟེར་ན། ང་མ་ཤི་བར་དུ།
སླན་ངག་དང་སྐྲུང་གཏམ་མཉམ་དུ་གསོན་དགོས་པས།
གཟའ་མཇུག་སྤྲུང་བའི་རྒྱལ་སྒོ་གཞོག་གཉིས་ནས་ཕྱེ་རོགས།

རྒྱང་རིང་དུ་ལུས་པའི་སྙན་ངག

བོད་མིའི་འབྱུང་གནས་སུ་ངའི་སེམས་པ་ལུས་སོང་།
སྙན་ངག་བཞིན་མཛེས་པའི་ངའི་སེམས་པ་ལུས་སོང་།
མི་ཚོགས་མཐུག་པའི་གནས་མཆོག་ཏུ་སྙན་ངག་གི་ཚ་དྲོད་མེད་དུས།
ངའི་སེམས་ཕོང་ནས་བརྗོལ་བའི་སྙན་ངག་གི་བཞུར་རྒྱུན།
ཡར་ཀླུང་གཙང་པོར་འཕོར་བའི་གསེར་བྱ་དང་པའི་བརྩེ་བ་ཡིན་འདུག

སྙན་ངག་གི་བརྩེ་བ་གླིང་དུས།
གཙུག་ལག་ཁང་ནས་མར་མེའི་འོད་སྣང་ཆེམ་ཆེམ་དུ་འཕྲོས་བྱུང་།
མཆོད་ཀོང་རེ་རེའི་ནང་དུ་སྦྱངས་པའི་སྙན་ངག་གི་མཆོད་པ།
དད་ལྡན་སྐྱེ་བོ་བསླུ་མེད་ཀྱི་སྐྱབས་མཆོག་དམ་པ་དེ་ཨེ་ཡིན།
ངས་ཕངས་མེད་ཀྱི་ལུས་སེམས་གཉིས་ཀ་སྙན་ངག་ལ་བརྟེགས་ཡོད།

རྒྱང་རིང་དུ་ལུས་པའི་སྙན་ངག
བརྩེ་བ་ལས་འཁྲུངས་པའི་སྙན་ངག
ངས་འཚོལ་བཞིན་པའི་གཡུ་ཚུང་དྲུག་དཀར།
རྗོག་སྲྲ་མེད་པའི་སེམས་ཀྱི་རྒྱང་བསྐྱོད་བཞིན།

འཚོ་བའི་ཟོ་རིས།

ཀ། གཟེབ་ཀྱི་ཕྱི་ནང་།

མིག་ནང་དུ་འཁྱིལ་བའི་འཇིག་རྟེན་སྔོར་མོ།
གཟེབ་ཀྱི་ནང་དུ་བཙུད་པའི་བྱ་བྱིའུ་ཞིག

ཕྱི་རོལ་ཡུལ་གྱི་སྲོག་ཆགས་རེ་རེས།
རང་རང་གི་བདེ་སྡུག་འཁུར་ནས།
མི་ཚེའི་ལ་མོ་ཨུ་ཚུགས་ཀྱིས་བགྲལ།

གཟེབ་ཀྱི་ཕྱི་ནང་གི་སྐྲ་བ་རིང་མོ།
འདུ་ཁང་རྒྱབ་མདུན་གྱི་མི་རྟག་པའི་ཆོས་སྒྲ་བཞིན།

ཁ། འཇིག་རྟེན།

འཁོར་བ་བློས་བསླངས་བྱེད་མི་ཐུབ་པར།
རྒྱལ་ཕམ་གྱི་སྐྱན་ཀའི་ཐོན་སྔོ་འཚོལ་གྱིན།
སྣང་གཞོང་མི་སྙོམས་པའི་འཁོར་བའི་འདམ་རྫབ།
མི་མངོན་པའི་ཚེར་མ་བརྒྱ་ཕྲག་གིས་སྦུང་གིན་འདུག

ག མགོ་རས་དམར་པོ།

མགོ་རས་དམར་པོའི་རང་དབང་གི་ཁ་དོག་གྱུར།
བཏང་སྙོམས་ཀྱི་ལྡིད་ཚད་ཐེག་པར་དཀའ་བའི་བྲག་རི་བཞིན།
རྩ་བ་ས་འོག་ཏུ་སྦས་ཡོད་པར་སོམས་དང་།
བདེ་བ་ཁྲི་ཕྲག་གི་ཁ་དོག་གླིང་དུས།
ངས་འཛིག་རྟེན་ཁྲིམ་པའི་ཞལ་ཐང་ཞིག་རྙེད་མ་བྱུང་།

ཁྱོད་ཀྱི་ཆེད་དུ།

འཐིབ་དྭངས་མང་བའི་ཞོགས་པ།
ཁྱོད་སླེང་གིན་དུ་ལས་འགོ་བཙམས།
ཁྱོད་ནི། ཨ་ཁུ་ཞིང་པའི་རྨི་ལམ་དཀྲོག་མཁན།
ཨ་ཅེ་འབྲོག་མོའི་སྦྲ་གུར་རྟོལ་མཁན།
ཁྱོད་ནི། རྒྱུས་མེད་ཀྱི་གྲོགས་པོ།
རང་ཡུལ་དུ་འཁྲིད་མཁན།
ཁྱོད་ནི། རྩ་ཆེའི་ནོར་ལུག་གི་ཚེ་སྲོག་འཕྲོག་མཁན།
ཀན་འགོགས་གྲོང་ཁྱེར་དུ་འགུག་མཁན་ཡང་ཡིན།

ཁྱོད་ལ་དགའ་བའི་ང་ཚོས།
ཁྱོད་ཀྱི་འབྱུང་ཁུངས་མ་རྙེད།
དགོད་བྲོ་བའི་ཁྱོད་ཀྱི་ཆེད་དུ།
དྲིན་ཆེ་བའི་མི་ཚོགས་ཤིག་གི་གོམས་སྲོལ་འཐོར།
ཁྱོད་ཀྱིས་སྨྲ་ཐྭེ་ཡོད་ཚད་ལ་བཀྲ་ཤིས་བདེ་ལེགས་སྤྱུར།
ཁྱོད་ཀྱིས་བྱམས་བརྩེའི་ཤ་དང་རུས་པའི་སྐྱི་པགས་བཤུས།
སང་ཉིན་ལ་འཆར་གཞི་ཡོད་མདོག་གི་བཟོ་ལྟ་ང་ཚོར་མེད།

ཁྱོད་ཀྱི་འབྱུང་ཁུངས་མ་རྙེད་པའི་སྤྲ་རོལ།
ཧམ་སྤུ་བརྒྱབ་པའི་ང་ཚོའི་བྲང་གཞུང་ནས།
རྟུལ་སྒུངས་ཀྱི་དྲི་ངན་གང་སར་འཐུལ།
འཁྲུག་དཀྲིངས་དང་ང་ཚོ་མཉམ་དུ་འདར་དུས།
ཡོད་ཚད་ཁྱོད་ཀྱིས་བཙོམ་པ་ཡིན།
ཡོད་ཚད་ཁྱོད་ཀྱིས་ཉོས་པ་ཞིག་ཡིན།

རྫོགས་རྒྱུ་མེད་པའི་སྨོན་ལམ།
ཁྱོད་ཀྱི་ཆེད་དུ་བཏབ།
ངལ་རྒྱུ་མེད་པའི་རྩོལ་བ་ཁྱོད་ཀྱི་ཆེད་དུ་སྤེལ།
ཁྱོད་འཚོལ་བའི་ངལ་དུབ་ཇེ་ཆེ་ནས་ཇེ་ཆེར།
ཁྱོད་ཁོ་ནར་མགོ་བོ་གཏུགས་ཏེ།
ཉིན་མཚན་རྟག་ཏུ་བཀྲ་ཤིས་བདེ་ལེགས་བརྗོད་ཀྱིན་ཡོད།

རྐན་གོག་གི་ཞུ་འཕྲིན།

ཨ་ཁའི་མི་བུ་མངར་ཇ་འཐུང་རྒྱུར་དགའ།
མངར་ཇ་བཞིན་འཐུང་འདོད་པའི་སྨན་ངག་སུ་ཡིས་བརྩམས་ནུས།
ཕྲོ་ཞིམ་མངར་ཇས་གཞན་སེམས་ཡང་ཡང་གླན།
རབ་རིབ་སྨན་ངག་མུན་ཁུང་སྦྲར་མྱུལ་འདྲ།
ཨ་ཁ་བ། གསོལ་ཇ་མངར་མོ་མཆོད་དང་།
སྨན་ངག་གི་ཉུས་ཐང་ལྷིར་ཡོད།

རྐན་གོག་གི་ཞུ་འཕྲིན་བདུད་རྩིའི་ཐིགས་པ་བཞུར་བྱུང་།
ཁ་ལན་འདི་ཁྱོད་ཚོར་སྤྲོད་རོགས་ཟེར།
དེ་བས་ཀྱང་སྨན་ངག་པ་ཚོར་བརྡ་ལན་སྤྲོད་རོགས་ཟེར།
འཚོ་བའི་མེ་ལོང་གི་བསྐུས་གཟུགས་ནི་སྨན་ངག་ཡིན།
མེ་ལོང་ལས་ཀྱང་དཀར་ཆ་དོད་པ་བྱུང་ན་ལེགས་སྐྱེས་ཡིན།

སྨན་ངག་པ་ཚོ། འཚོ་བའི་ཀོ་གྲུ་གཏོང་དགོས།
གོམས་འདྲིས་དང་ཀུན་སློང་རྣམ་དག་གིས་སྐྱོར་ཏེ།
རྒྱ་མཚོའི་ནང་གི་ནོར་བུ་ལེན་པར་འབྱུངས་དགོས་ཟེར།

སྨན་ངག་པ་ཚོ།

དུས་རབས་གསར་པའི་དཔང་པོ་དང་གསར་གཏོད་པ་ཡིན་ཟེར།

སྨན་ངག་མཁན་པོས་ཐབ་ཚུང་ཚུང་ལ་མེ་ཚ་པོ་ཞིག་གཏོང་དགོས་ཟེར།

མངར་ཛ་བཏུངས་ཟེན། སྨན་ངག་ད་དུང་འཕོལ་གྱིན་འདུག

(2019ལོའི་སློ་ཁའི་རྩོམ་རིག་སྒྱུ་རྩལ་གྱི་དུས་དེབ་བཞི་པའི་སྟེང་དུ་འཀོད།)

སྙིང་པ།

མདང་དགོང་གི་རྨི་ལམ་འདྲ་བའི།
མགྲོན་པོ་སྲུན་མའི་མེ་ཏོག
དེ་རིང་གར་སོང་ཆ་མེད་དུ་བརླགས་དུས།
གཞས་སྙིང་གཏོང་དུས་དྲན་པའི་གྲོགས་པོ་དེ་དག
སུ་ཞིག་གིས་བསླུས་ཟིན་པ་ཡིན་ནམ།
ངའི་འགྱུར་བཞིན་པའི་སེམས་པ།
མཚན་མོའི་སྦྲོ་སྐྱིད་ཁང་དུ་ལུས་སོང་།

དབྱར་ཁ་སྔོ་ཡང་མི་སྔོ། དགུན་ཁ་སྐྱ་ཡང་མི་སྐྱ།
གྲོགས་མཆོག་ལྷ་ཤིང་ཤུག་པ། དགའ་སྐྱིད་གློང་ནས་དྲན་དུས།
དེང་གི་ཨ་ཁུ་ཞིང་པའི་རོལ་དབྱངས་ཁང་དུ།
ཡུམ་གྱི་བྱམས་སྐྱོང་ཅི་ཙམ་ལུས་པ་སུ་ཡིས་དྲན།
བཀའ་དྲིན་བསམས་ཤིང་བསམས་ཤིང་།
སྦྲི་རག་ལས་ལྷག་པ་ཅི་ཡང་མེད་པ་ཡིན་ནམ།

འོན་ཀྱང་། ངའི་སེམས་ཀྱི་གཏིང་རིམ་ནས།
སྲུན་དང་གྲོགས་ལ་སྙིང་རྒྱུ་མེད་ན་ཅི་མ་ཉུང་སྙམ།

སྐད་འཕྲིན་གྱིས་མག་པ་འཕྲུག་དབྱིངས་བསྒྱུས་རྗེས།

ཀ།

བུ་མོ་སྐད་འཕྲིན་གྱིས་མག་པ་འཕྲུག་དབྱིངས་བསྒྱུས་རྗེས།
གནམ་འོག་མི་ཡུལ་གྱི་ངོ་གདོང་གསར་དུ་བརྗེས།
ཆ་འཕྲིན་དཀར་ནག་གཉིས་པོ་འོ་ཚུ་ལྷར་འདྲེས།
ལེགས་ཉེས་མེད་པར་ཕོ་ཡིས་མོ་རུ་བརྫུས།
ནར་མ་སོན་པའི་སྨྱང་ཕྲུག་མང་པོས་འཐམས་འཕྲུད་བྱས།
དེང་དུས་ཀྱི་གཞོན་ནུ་ཚོས་དཔེ་ཆ་བོར།

ཁ།

སྐད་འཕྲིན་གྱི་བརྡ་འཕྲོར་བས།
འཕྲུག་དབྱིངས་ཀྱིས་སྒྲོ་གར་འཕྲབ།
འཕྲིན་ཐུང་འགྲེལ། སྐད་ཆ་ཆད།
བདེན་པ་བརྣགས། བདེ་སྡང་འཛིགས།
གསང་བ་མེད་པས་གསང་བ་བཟོས།
སློག་འགྱུར་ཡོད་ཚད་དམར་རྗེན་དུ་མངོན།
རིན་ཐང་དུས་ཚོད་ཀྱི་རྐ་ཕོ་དྲན་པ་འཕོར།

ག

སྐད་འཕྲིན་གྱིས་འཁྱུག་དབྱིངས་འཁྲིད་ནས་བསྐོར་དུས།
འཛམ་གླིང་ཆེན་པོ་ཡུག་གཅིག་ཏུ་འདྲེས།
སྐམ་ས་དང་རྒྱ་མཚོའི་བར་ངོ་ཤེས་གསར་པ་བཟོས།
མི་དག་ནི་སྐད་ར་མ་ལུག་གི་བདག་པོ་གྱུར།
འཁོར་ལྡན་གྱི་སྤྲིན་བདག་ཚོར་སྤྱན་མཆེད་གསར་པ་རྙེད།
དྲིན་ཆེན་གྱི་ཕ་མ་སྤྱན་མཆེད་རྒྱང་རིང་གི་མགྲོན་པོར་གྱུར།

ང

ཟིག་ཉམས་དོད་པའི་འཁྱུག་དབྱིངས་ཀྱིས།
རིན་མེད་དང་ནས་ལག་ཤེས་གསར་པ་འཆད་ཁྲིད་གནང་།
ངོ་ཤེས་མང་པོ་ཐབ་ཚང་གཅིག་གི་ནང་དུ་སྤུངས།
གདོང་དམར་བུ་མོའི་ངོ་ལྤགས་སྐད་ཅིག་ཉིད་དུ་བརྗེས།

ཅ

འཛོན་ཐང་ཆེ་བའི་ཕོ་གཞོན་འཁྱུག་དབྱིངས་སླེབས་རྗེས།
མི་ཡུལ་དུ་ཉིན་མཚན་གྱི་དབྱེ་བ་ཚོད་ཀྱི་མི་འདུག
མཛངས་མ་སྐད་འཕྲིན་ལགས་རྒྱན་ཡོལ་ཞུ་དགོས་བྱུང་།
འཛིག་རྟེན་ལྷུམ་པོའི་རྒྱ་ཁྱོན་ལྡབ་གཉིས་ཆུང་དུ་སོང་།
ངོ་མཚར་ཆེ་བའི་གསར་གཏོད་ཐམས་ཅད་སྙིང་པ་ཆགས།
ལས་གཏོད་གཉེར་མཁན་གྱི་འདུམ་རམས་གཞོན་སྐྱེས་ཚོས།

མཛེས་མ་སྐད་འཕྲིན་མཐའ་མ་བསུ་རྒྱུར་བྲེལ།

ཆ

ངེད་ཅག་ཕོ་རྒོད་འབྲུག་དབྱིངས་ཀྱི་བྲན་དུ་གྱུར་རྗེས།
སློབ་མའི་འབད་བརྩོན་གྱི་འབྲེང་ཐག་སྐམས།
གཞོན་པའི་གསར་གཏོད་ཀྱི་སྙིང་སྟོབས་འབུམས།
དར་མའི་ལེགས་སྐྱེས་ཀྱི་ས་བོན་ཅུལ།
རྐན་པོའི་ཉམས་མྱོང་གི་རྩ་བ་སྦོམ་པོ་རིངས།

ཇ

མིག་རྒྱང་ཐུང་བའི་མི་ཡུལ་གྱི་མགྲོན་པོས།
བཞིན་བཟང་སྐད་འཕྲིན་གྱི་ས་ཁྲ་གསར་པ་རྙེད་རྗེས།
ཤོར་སླ་བའི་རྩ་ཆེའི་དུས་ཚོད་དྭ་རྒྱའི་གློང་དུ་སྦས།
ཨ་ཅག་སྐད་འཕྲིན་གྱིས་བསྐལ་བའི་ནས་ཆང་སྐྱུར་མོ།
ཕོ་གཞོན་འབྲུག་དབྱིངས་ཀྱིས་བཏུངས་རྗེས།
མགོ་བོ་ཁྱེར་མི་ཐར་བའི་ཨབ་ཕྲུག་འདི་དག
དུས་བསྟུན་མདུན་བསྐྱོད་ཀྱི་རྐང་རྗེས་མེད་པར་བཟི་སོང་།

ཉ

ཕན་ཆེ་བའི་སྐད་འཕྲིན།
བསུན་ཆེ་བའི་སྐད་འཕྲིན།

གཙོད་ཆེ་བའི་སྐད་འཕྲིན།
གང་བཏང་གོ་ཚོད་ཀྱི་ལག་ཆ་ཆེན་པོར་གྱུར་རྗེས།
ངའི་འགྲན་རྩོད་ཀྱི་དམ་བཅའ་བརྟན་པོའི་མཁར་རྫོང་ཞིག
གཞོན་སྐྱེས་ཚོ། ལན་གཅིག་ཉོན་དང་།
ངའི་ཕ་མེས་ཀྱིས་བཞག་པའི་གསེར་ཕོར་ཞབས་བྲ་ཅན།
སྨུག་ཤར་འབྲུག་དབྱིངས་ཁྱོད་ཀྱིས།
ཕྱི་རོལ་དུ་ངོམ་པའི་མ་རྩ་འདང་གི་མི་འདུག

ཏ

སྙིང་ཉེ་བའི་མཛོད་ཁང་ནང་གི་བུ་མོ་སྐད་འཕྲིན་ཚོ།
གང་འདོད་འཁྱམ་པོ་འབྲུག་དབྱིངས་ཀྱི་ལྡེ་མིག་ཡང་ཡང་འཕྲོག་ནས།
ཀུན་མཁྱེན་རིགས་ལམ་འཕྲུལ་ལྡེའི་མདུན་སྒོ་ཡང་ཡང་ཕྱེ་རོགས།

ཐ

ཕྱིས་འབྱུང་གི་ཕྱིས་འབྱུང་།
བརྩེ་བ་ཟབ་པའི་སྐད་འཕྲིན་དང་འབྲུག་དབྱིངས་གཉིས་པོར།
རིགས་རྒྱུས་མཐོ་བའི་ཕྲུ་གུ་ཞི་འདྲ་ཞིག་འཁྲུངས་སྲིད་དམ།

སྙན་ངག་པའི་མཚན་མོ།

སྙན་ངག་པའི་མཚན་མོར།
སྙན་རྩོམ་ཞིམ་པོ་བདུད་རྩི་འདྲ་བ་ཞིག་འབྲི་དགོས་བསམ།
ཇི་ལྟར་བྲིས་ཀྱང་ཡིད་བརྟན་མངོན་གྱི་མི་འདུག
ཇི་ལྟར་མཐུད་ཀྱང་རྐང་ལག་ཚང་གི་མི་འདུག
ཇི་ཙམ་བཙོས་ཀྱང་སྤེབ་སྦྱོར་འགྲིག་གི་མི་འདུག
དེ་ཡིས་རྐྱེན་པས། ང་རང་།
ཡི་གེའི་སྒྱུ་རྩལ་འཁྲབ་རྒྱུར་དགའ།
སྒྱུ་གུའི་བཤད་པ་འབྲི་རྒྱུར་དགའ།
ཁྲུ་སིམ་སིམ་གྱི་མཚན་མོ་དཀྲོག་རྒྱུར་དགའ།

སྙན་ངག་པའི་མཚན་མོར།
མུན་པ་དང་སྣང་བ་འཁྲུལ་གྱིན་འདུག
མི་ཚང་མ་གཉིད་མི་འདུག་ཟེར།
ཟླ་འོད་འོག་ཏུ་སྒྱུ་གུ་འགུལ་མཁན།
ང་ཁོ་ན་མིན་པ་འདྲ།

སྙན་ངག་པའི་མཚན་མོ།
དྲི་མེད་དྭངས་གཙང་རེད།
ཞི་འཇམ་ལྷིང་འཇགས་རེད།
མཚན་མོའི་མཛེས་སྡུག་ཡོད་ཚད།
སྙན་ངག་པ་ཁོ་ནར་དབང་།

མཚན་མོའི་རེ་སྨོན་ཁུར་བའི་སྙན་ངག་པས།
མ་འོངས་རྒྱང་རིང་གསར་པར་དཀར་ཆག་བསྒྲིགས།

ཇོ་ཐུབ། ང་རང་ལ་བཛ་ཏགས་མི་འདུག

ཁྱུ་སིམ་བག་ལ་ཉལ་བའི་དབྱར་གསེང་གི་དུས།
སྦྲང་ཆར་བབས་པ་མང་དྲགས་པས།
གོང་པོ་རི་དང་ཞལ་བྲག་རི་བོ་ཡང་ཁྲོས་ཏེ།
ཁ་སྒྲོད་དུ་སྒྲ་བ་མེད་པར་བཞུགས་འདུག
ང་རང་ཡང་ཁྱེད་གཉིས་ལ་ཡང་ཡང་ཅེར་ནས།
ལས་དབང་ཞིག་གི་འབྱུང་འགྱུར་ལ་བསམ་བློ་གཏོང་གིན་ལུས།

དེ་བས་ཀྱང་།
ཁྱེད་གཉིས་ཀྱི་ངོ་གདོང་ཀྲས་དྲགས་པས།
ང་རང་སྨྲ་མི་ཐུབ་པར་གྱུར།
ཡིན་ནའང་། ང་རང་ཚིག་རྩུབ་ལ་དགའ་བས།
ཁྱེད་གཉིས་པོའི་རང་གཤིས་འཇམ་པོ་ཡིན་པ་ཚོར་མ་བྱུང་།
ཁྱེད་གཉིས་ཁྱིམ་མཚེས་ཀྱི་རྗེས་སུ་མི་ལུས་པའི་ཆེད་དུ།
ཤར་ཐུབ་གཉིས་ལ་སྤྲར་སྐྱུལ་ཞིག་རྒྱག་དགོས་བྱུང་།

སེམས་ཀྱི་རྒྱབ་རིས་དགོངས་བཞེས་གནང་རོགས།

ང་རང་གི་མང་པོ་ཞིག་ཞུ་འདོད་ཡོད།
སུའི་ཆེད་དུ་ཡིན་པ་ཤེས་མཁན་མི་འདུག
ལར་ནས་དོ་ཟུབ། ང་རང་ལ་བརྗ་རྟགས་མི་འདུག

སྙན་ངག་མ་འབྲི། སེམས་གཙོང་མ་ཏྲོ།

སྙན་ངག   སྤྱོབས་པས་སྙན་ངག་མ་འབྲི།
འཚོ་བའི་སྙིད་སྡུག་གི་བྲོ་བ་དེ་སྙན་ངག་ཡིན་པ་ཚོར་ཚེ།
དཀར་ནག་རེས་མོས་ཀྱི་མི་ཚེར་རིན་ཐང་གི་རྒྱབ་གཟུགས་ཤིག་ཡོད།
ཆུ་མོ་ནི་དབྱར་དུས་རྒྱས་ཤིང་ཆེས་རྙོག་མ་ཡིན་པ་རིག་དུས།
སྙན་ངག་གི་གདངས་རིང་ཐུང་ཡོད་པས་སེམས་སྡུག་མ་བྱེད་རོགས།
དབྱར་གྱི་ཚ་གདུང་གིས་སྐྱེ་དངོས་སྐམ་པའི་སྙན་ངག་གྱེར་ཚེ།
གཙང་པོ་བསྐམས་ཤིང་ས་གཞི་འདར་ཡང་སེམས་པ་མ་སྐྱོ་རོགས།
སྙན་ངག་ནི་སེམས་པ་ཕྱི་རུ་སླུད་པའི་ཇོག་སྒྲ་ཡིན།

སྙན་ངག   སྤྱོབས་པས་སྙན་ངག་མ་འབྲི།
མིག་ཆུ་ལས་ལྷག་པའི་སྡུག་བསྔལ་ཡོད་ཚེ།
སྙིང་ཁོང་ནས་བཞུར་བའི་ཆོ་ལྱུ་ཡིན་པས།
སེམས་གཙོང་གི་ན་ཚ་སྙན་ངག་གིས་གསོ་ཐུབ།
ཡིན་ནའང་། བསམ་གཞིག་གི་ཕ་རོལ་དུ་ཡོད་པ་དགོད་སྒྲ་ཡིན་ན།
སེམས་ལ་འཁྲུད་པའི་སྙན་ངག་ད་དུང་བསྟད་ན་སྐམ།

གཉིས། རྒྱབ་རིར་བསླན་པའི་སེམས་རྙེན།

དཔྱིད་གནམ་བཞིན་འགྱུར་སླ་བའི་བདག་གི་ཚོར་འདུ།
ཚོར་འདུ་དྲག་པོའི་དྲན་པ་འདི་འཛུམ་ཡོང་དུས།
སྨུག་སྤྲིན་སྨུག་པོས་ཟིན་པའི་ཁ་སང་གིས།
འཇའ་ཚོན་རྣམ་པར་བཀྲ་བའི་དེ་རིང་གི་ཚབ་བྱེད་མི་ཐུབ་པས།
ངའི་རྒྱབ་རིར་སེམས་རྙེན་གྱི་འབྲས་བུ་སྨིན་ཚོག་ཨང་།

ནད་པ་ཞིག་མཐོང་རྗེས།

སེམས་སྡུག་ཡོད་ཚད། འདོད་ཆུང་ཆོག་ཤེས་ཀྱིས་སེལ་དགོས་དུས།
ནད་ཁྲི་དཀར་པོའི་སྟེང་དུ་ལུས་པ་འདི་དག་ནད་པ་ཨེ་ཡིན།
ནད་པ་ཡོད་ཚད། ལུས་པོ་ན་བ་ཁོ་ན་ཡིན་མི་སྲིད།
སྲོག་སྐྱོབ་དྲིན་ཆེན་གྱི་ལྷ་རྗེ་ཚོ།
སེམས་མི་བདེ་བ་འདི་དག་སྨན་ཁང་ནས་ཕྱིར་ཕུད་རོགས།

ཉིན་མཚན་གྱི་སྡུག་བསྔལ། ནག་ཉེས་ལྷིད་པོ་ཁྲིར་ནས་བསྙིབས།
ཉིན་མཚན་གྱི་བདེ་བ། ཕམ་ཉེས་ཅག་ཅིག་ཁྲིར་ནས་བྲོས།

མིག་ཡ་གཅིག་གིས་ལུས་པོ་རྣམས་པ་མཐོང་རྗེས། མིག་ཆུ་ཤོར།
མིག་ཡ་གཅིག་གིས་སེམས་པ་རྣམས་པ་མཐོང་རྗེས། འཛུམ་མདངས་འཕྱུར།

འཁོར་བའི་སེམས་ཁྲལ། བྲེལ་འཚུབ་ཆེ་བའི་ལག་པ་རྒྱུབ་པོ་ཞིག་དང་འདྲ།
གནས་གང་ཞིག་ཏུ་རེག་ཀྱང་དེའི་རྟོ་འཛམ་མེད་པར་བཟོས།

ཚེ་སྟོན་གྱི་རྩི་ལམ། ད་ཆ་གསལ་འགྲེལ་ཐུབ་བམ།

བདེ་བ་སྐྱོང་དུས། དྲིན་གཙོ་གཉིང་ནས་བརྗེད།
ཚེ་ཕྱི་མ། གང་ལ་སྐྱེ་བ་ཡིན་པ་སུ་ལ་འདྲི།

ནད་པ་འདི་དག ཅི་ཞིག་འཐོབ་འདོད་ཀྱིས། ལག་པ་གང་ཐུབ་དུ་བསྣར།
ཀུན་སྤྱོད་པོར་བའི་ནད་པ་འདི་དག འོད་ཁུང་དུ་ལག་སློབས་བྱས་ཀྱང་།
འཛོན་རེག་མེད་པ་ནི། སྙིང་རྗེ་དང་བརྩེ་བའི་གྲིབ་མ་ལས་མི་འདུག

སེམས་པ་མི་བདེ་བའི་ནད་པ། མིག་ཆུའི་ཐིགས་པ་ས་ལ་ལྷུང་རྗེས།
སླར་ཡང་ནད་པ་གཞན་ཞིག་ལ་བལྟས་ནས་དགོད་ཀྱིན་འདུག

སེམས་པ་རྨས་པའི་ནད་པས། ལྷན་པ་ནམ་མཁའ་གང་བསྣམས་ཀྱང་།
ཁྲིམ་པའི་སྡུག་བསྔལ་གྱི་བུ་ག་འདི་འགེབ་ཐབས་མི་འདུག

ནད་ཁྲི་བཅུ་པའི་ནད་པ། སྔོན་ལ་སེམས་ནད་འཚོས་ཤིག

བདག་གི་སྐལ་ཚོགས་སུ་ལྷུང་བའི་ནམ་མཁའ།

བདག་གིས་དགུང་སྟོན་པོར་བརྟག་ཀྱང་།
ཉི་མའི་འཁོར་བསྐྱོད་ཅི་ནས་མི་མཐོང་།
དུས་ཀྱི་ཕོ་ཉར་འཇབ་རྐོལ་བྱས་ཀྱང་།
དུས་ཚོད་ཀྱི་གོམ་སྒྲ་ཡི་ནས་མ་ཐོས།
ཇུས་གཞི་ཡོད་ཚད།
ཤོག་སྟེང་གི་དམག་དོན་གླེང་བར་ཟད།
རེ་བ་ཡོད་ཚད།
ནམ་མཁའ་ནས་དངོས་གྲུབ་ཟགས་རྒྱུར་སྒུག

བདག་གི་སྐལ་ཚོགས་སུ་ལྷུང་བའི་ནམ་མཁའ།
མི་ལོ་སུམ་ཅུ་ལྷག་ཙམ་ཁུ་སིམ་མེར་བསྡད་འདུག
རྗེས་ཤུལ་འཚོལ་བའི་རྒྱང་རིང་གི་ལམ་བུར།
རྐང་རྗེས་གསར་པ་ཞིག་འཇོག་མི་ཐུབ་པ་སུ་ཡིས་ལན།

འཁྲེང་སེམས།

རང་སེམས་མི་ལྷར་འབར་ནས།
རི་རབ་དང་རྒྱ་མཚོ་ཡང་བསྒྲིགས།
གནམ་ས་འདིའི་ཕ་རོལ་ན།
སྐྱོག་འགྱུར་གྱི་བརྩེ་བ་ལས་ད་དུང་ཅི་ཞིག་ཡོད།

འཕོར་བའི་འདོགས་ཐག་ཅི་ཙམ་རིང་ཡང་།
བརྩེ་དུང་དམ་པོར་འདོགས་མི་ཐུབ།
འདོགས་ཐག་མེད་པའི་རང་ཉིད་ཀྱི་ལམ་ཆུང་ཞིག
བཙལ་ཀྱང་ད་དུང་རྙེད་རྒྱུ་མི་འདུག
མགོ་བོ་མཐོན་པོར་བཏེགས་ཏེ།
ཨམ་གཙིགས་ཤུགས་ཀྱིས་བསྡམས་ནས།
སྙིང་གི་རྩ་ཁ་ཆུང་ཆུང་འདི་བསྲུབ་དགོས་སྙམ།
ཡིན་ནའང་། གྲང་ཤུར་ཤུར་གྱི་སེམས་པ་འདི།
དཀུན་རླུང་དང་མཉམ་དུ་རྒྱང་རིང་དུ་འཕུར་སོང་།
རྒྱང་རིང་ནས་རྒྱང་རིང་དུ་འཕུར་སོང་།

འཛུམ་མདངས་ཤིག་གི་རྒྱབ་ཏུ།
སྐྱོག་གཡོ་ཁྲག་རི་ལྟར་སྤུངས་ཡོད།
ཉོ་འཚོང་གི་ཕག་ཏུ།
གདུག་རྩུབ་ཀྱི་ངན་ཇུས་སྤྲིན་ནག་བཞིན་འཁྲིགས།
ངའི་རྨི་ལམ་འཇམ་པོ་ཤ་འཐོར་རུས་འཐོར་དུ་བཏང་།
ཀྱི་ཧུད། རྒྱལ་ཕམ་གྱི་འབྲས་བུར་སྨོམ་ཚིག་འཛོག་མི་ཐུབ།
བདེན་པ་མཐའ་འཁྱོལ་གྱི་རྒྱབ་རི།
གུ་ཡངས་ཀྱི་ནམ་མཁའ་འདེགས་པའི་ཀ་བ་ཞིག་ཡིན་ཚོག་ཨང་།

སྐྱེ་ལམ་ལྷུང་བའི་ཕྲེང་བ་ཟད་པོ།

དོ་ནུབ།
ཆ་རྫོགས་པའི་བཅོ་ལྔའི་ཟླ་བ།
སྐྱེ་ལ་བཏགས་པའི་ཕྲེང་རྡོག་ཏུ་སྣང་།
ལྡིང་འཇགས་ཀྱི་ཟླ་འོད་འོག
དུག་གསུམ་གྱི་དྲི་ཞིམ་འཕྱུལ་བས།
ཕྲེང་བ་ཟད་པོ་འདི་སྐྱེ་ལམ་ལྷུང་སོང་།
དུ་དྲིག་གིས་འཚོས་པའི་ཕྲེང་རྡོག
བདེན་དོན་སྨོམ་པའི་དྲན་ཤིང་།
མུ་ཏིག་འདྲ་བའི་ཕྲེང་རྡོག་རེ་རེ།
སེམས་གདུང་གི་མིག་ཆུ་རེ་རེ་ཡིན།
བགྲངས་ཟིན་པའི་ཕྲེང་རྡོག་ཟད་པོ།
རང་གི་གུ་དོག་པའི་ལམ་ཕྲན་དུ་འཐོར།

འདི་ལྟར་བསྐྱར་ཟློས་སུ་འདྲེན་བཞིན་པའི་ཕྲེང་བ།
ཡང་ཚོའི་འཇུམ་མདངས་ཡིན་ན་ཅི་མ་རུང་།
ངས། ནམ་ཡང་མགུལ་རྒྱན་དུ་བླྙམ་ཚོག

ཀྲེའུ་ཁྲང་ཟྲ་མོ།

ལག་ཏུ་གསེར་གྱི་ཕོར་པ་འཁྱེར་བའི་སློང་མོ་བས།
དར་ཁྱབ་ཆེ་བའི་སྒྲ་དབྱངས་མཆུ་རྩེར་འཁྱེར།
ལམ་འགྲོ་བའི་དངུལ་ཁུག་ལ་བྲུར་མིག་ཡང་ཡང་བལྟས།
སློང་མོ་བ་ཚོ། ཨ་ལན་ཞིག་ཐོབས་དང་།
དེ་ནི་དཔལ་འབྱོར་གྱིས་བསླུས་པའི་འཚོ་བ་ཞིག་ཨེ་ཡིན།

གྲོང་ཁྱེར་གྱི་ལམ་ཆེན་དུ།
ཏང་ཐང་དུ་བགྲོད་མཁན་ནི་འཛིབ་ཆུང་ལས་མགྱོགས།
འཚོང་མཁན་ནི་ཉོ་མཁན་ལས་མང་བའི་ཁྲོམ་གཞུང་།
ཟོད་མཁན་ནི་ཉན་མཁན་ལས་མང་བ་ཡོད་དུས།
འཁྲུལ་བཞུད་པ་ཚོ། ཞིབ་མོར་སེམས་དང་།
འདི་ནི་ཞེ་སྡང་གིས་བཞེངས་པའི་གྲོང་ཁྱེར་གྱི་ངོ་གདོང་དེ་ཨེ་ཡིན།

གཙུག་ལག་ཁང་གི་གཡས་གཡོན་དུ།
ལྷམ་ཟོམ་པ་གྱོན་པའི་ཕྱི་གླིང་པ་ཚོ།
དགའ་ཏུ་ཤག་གི་སྒོ་འགྲམ་དུ་དགོད་བཞིན།

མི་ཚོགས་ཀྱི་ཁྲོད་ནས་ཐྲེལ་འཛུབ་ཆེན་པོས་བསྡད་སོང་།
སྐེཙ་ཁུང་ཕྲ་མོའི་ནང་ནས།
དོན་དུ་ཕྱི་གླིང་པ་གང་དུ་འགྲོ་མཁན་ཡིན་ནམ།
ཁྱེར་བལྟས་ཟད་པོ་ཞིག་གང་དུ་བོར་སོང་།

སྙིང་ཉེ་བའི་ལམ་འགྲོ་བ་ཚོ།
ཉིན་ལྟར་བར་སྐོར་ནས་རྙེད་ཐུབ་ནི་གཞོན་ནུའི་འཚོ་རྟེན་ཨེ་ཡིན།

སྒྲིགས།

སྐབས་རེ་ཤོག་སྒྲིགས་མཐོང་དུས།
སྟོང་ཆན་སྐམ་པོ་དེ་དྲན་བྱུང་།
མཚམས་རེ་ཤོག་སྒྲིགས་རིག་དུས།
འདུ་བྲལ་གྱི་ཆོས་ཉིད་དེ་ཡིད་ལ་བཟུག་བྱུང་།

ཤོག་སྒྲིགས། ཕན་མེད་ཀྱི་ཟློག་རོ།
ཁྱོད་ཀྱིས་བསྒྲུབས་ཟིན་པའི་ལས་ནི་རང་དོན་ཁོ་ན།
འཁྲུལ་ཟིན་པའི་རྣམ་རྟོག་ནི་སྙིད་སྣང་ཁོ་ན།
བཙལ་ཟིན་པའི་གནས་ནི་ཟས་གོས་ཁོ་ན།

ཤོག་སྒྲིགས། ལག་རྗེས་གསལ་བའི་མེ་ལོང་།
ཕ་རབ་ཀྱི་བསྡི་གནས་རྟེན་མོ།
མཛངས་མའི་བློ་རིག་གསལ་བའི་སྒྲོན་མེ།
བུ་རབ་ཀྱི་ཕྱུགས་བསམ་སྒྲིག་པའི་ཐེམ་སྐས།

ཤོག་སྒྲིགས་ཀྱིས་བཏུམས་པའི་ང་ཚོ།
ད་དུང་གང་ཞིག་ལ་འདང་རྒྱུག་བྱེད་ཡོད་དམ།

རྡང་ཞིང་གི་གསེང་ནས།

ཞིང་རྩལ་ཆེད་ལས་མཁས་ཅན་ཞིག་ལ་ཕུལ་བའི་རྗེས་དྲན་ཐོར་བུ།

འཚོ་བའི་སྡུག་བསྔལ་ནས་ཞིང་ལ་བཀྲམ་རྗེས།
གཞན་གྱི་བདེ་སྐྱིད་བསམ་གྱིན་ཁྱེད་ཉིད་ཞིང་ཐང་དུ་རྒྱུགས།
ལྗང་ལོ་ཕྲ་མོའི་གསེང་ནས་ཁྱེད་ཀྱི་བརྩེ་བ་འཕྲུངས།
ལྡིད་ཏིག་ཏིག་གི་སྐྱེ་མས་ཁྱེད་ལ་གུས་ཕྱག་འབུལ།

རིན་ཆེན་རྩམ་པས་ཁྱེད་ཀྱི་དྭངས་གཙང་དྲན།
གངས་ལྗོངས་ཀྱི་སྟོན་འདུན་བཟང་པོར།
ཁྱེད་ཀྱི་ཕྱིར་མིག་ལན་གཅིག་གཟིགས་རོགས།

སེར་འོད་ཆེམ་ཆེམ་གྱི་ཡད་ཁའི་མེ་ཏོག་དང་།
བརྩེ་བས་ལག་རྡང་སྤྲེལ་བའི་སྨན་མའི་མེ་ཏོག
འབྲུ་རིགས་སྣ་ལྔས་དྲན་གསོའི་མེ་ཏོག་མཆོད་པ་བཤམས་ཡོད།
ཁྱེད་ལ་བཏབ་པའི་སེམས་གསོའི་ཐ་སྙད་ཀྱི་ལོ་ཏོག་སྨིན་གྱིན་འདུག

དཔྱིད་འགོ་སླར་ཡང་སླེབས་ངེས།
ནས་ཞིང་སླར་ཡང་གདབ་ངེས་ཡིན།

ཁྱེད་ཉིད་སླར་ཡང་མི་ཡུལ་དུ་ཕེབས་སྲིད་དམ།

སྒྱུས་ལེགས་ཀྱི་འབྲུ་སོན། ཁྱེད་ཀྱི་བྲུངས་ཁྲག་ཡིན།
ལོ་ལེགས་ཀྱི་འབྲས་བུ། ཁྱེད་ཀྱི་རྟུལ་ཆུ་ཡིན།
སྡུག་བསྔལ་གྱི་ཐ་སྐད་ཡོད་ཚད་ཁུར་བའི་ཁྱེད།
གནས་གཞན་ཞིག་ན་ལམ་ཁ་ཡངས་པའི་སྔོན་ལམ་བཏབ།

ཉི་མ་བཀྲ་ཤིས། གྲོ་ནས་ཀྱི་འབུམ་རམས་པ།
ངས་ཁྱེད་དྲན་ཐུབ་པ་ནི་བདེ་བ་ཞིག་ཏུ་སྙོམ་གྱིན་ཡོད།

འཇིག་རྟེན་གྱི་ཕྱི་ནང་།

འཇིག་རྟེན་གྱི་ཕྱི་ངོས།
འཇིག་རྟེན་གྱི་ཕྱི་ངོས་གཙང་ཞིང་གསལ།
ཇོངས་པའི་ཉེ་ཡང་མི་མཐོང་བའི་ཕྱི་རོལ་ལྡང་སླིང་གྲུ་བཞི།
མཐོང་གིན་མཐོང་གིན་སྦྲོ་སྣང་ཆེན་པོས་དགོད་ཀྱིན་འདུག

འཇིག་རྟེན་གྱི་ནང་ངོས།
འཇིག་རྟེན་གྱི་ནང་ངོས་མོག་ཅིང་རྙོགས།
ཁོག་རྒྱ་ཆུང་ཡང་གཏིང་རིང་བའི་ནང་ངོས་འདམ་རྫབ་ཟབ་མོ།
རྫིག་གིན་རྫིག་གིན་ཁོང་ཁྲོ་ཆེན་པོས་འཁོལ་གྱིན་འདུག

ཕྱི་ནང་མི་གཅིག་པའི་འཇིག་རྟེན།
ཁ་ཁོག་མི་མཐུན་པའི་མི།
སྣང་བ་མཐའ་ཡས་ཀྱི་རྩེད་འཛོར་ཚུད།

འཇིག་རྟེན་གྱི་མི།
འཇིག་པ་སྟོག་གིན་རྟེན་པ་བསྲུངས།

མི་དྲི་སྨོམ་གྲིན་རང་དྲི་ཡལ།
འཇིགས་པའི་རྩ་བ་གསུམ་ལ།
རྗེན་པའི་མགོ་བོ་གཅིག་ལས་མི་འདུག

ལོ་དེར་ང་རང་རྨས་མ་ཞིག་ཡིན།

ཅི་ཡང་མི་ཤེས་པའི་ལོ་དེར།
རྩམ་དྲི་འཕྲུལ་བའི་ལོ་དེར།
ཚིག་སྙན་པོའི་སྐད་ཆས་ང་རང་འཁྲུལ་བྱུང་།

གནས་གང་དུ་ཡང་འགྲོ་མ་མྱོང་བའི་ལོ་དེར།
ང་རང་ས་ཁྲར་བལྟས་ནས་མྱུལ་གྱིན་ཡོད།
ལོ་དེར་ཅི་ཡང་མི་ཤེས་པས་ཚིག་མཛོད་པང་དུ་བླངས།
ཀ་ཕྲེང་མཐུད་མི་ཐུབ་པས་ལད་མོ་བྱེད་རྒྱུར་ཟད།
ཐོས་བསམ་དབུལ་བས་ལུས་ངག་ཡིད་གསུམ་རྨས་བྱུང་།
འགྱོད་གདུང་དྲག་པོའི་མིག་ཆུ་ཤོར་བ་སུ་ཡིས་ཤེས།

མཁས་བརྒྱ་འགྲན་གླིང་གི་དགའ་ཚལ་ཡངས་པོར།
ཆེད་ལས་ཀྱི་བྱང་ཆ་ལྡན་པའི་དཔྱད་གཏམ་གྱི་ཉིང་ཁུ།
རྟུས་པའི་གཏིང་དུ་སེམས་རྗེས་བསྐྱུར་དུ་མི་རྨས་པའི་ཆེད་དུ།
ངའི་སེམས་པ་ཀུན་སློང་རྣམ་པར་དག་པའི་ཕྱོགས་སུ་འདེད་ཀྱིན་ཡོད།

དྲན།

སྐྱུམ་ཆོལ་ཆོལ་ཡོད་ཚད་ཀྱི་རྐང་རྗེས་བསུབ།
ནག་རིལ་རིལ་ཡོད་ཚད་ལ་གསང་རྟགས་བཀོད།
ང་ཤིག་ཤིག་གི་མིག་ཆུ་རྐང་ཆག་དེས་སུ་ཞིག་དྲན་ནམ།

ངས་བརྗོད་མི་ཚར་བའི་དེ་རེད་།
ངས་བྲིས་མི་ཚར་བའི་དེ་རེད་།
ངས་བལྟས་མི་ཚར་བའི་དེ་རེད་།
དྲན་སེམས་ཀྱི་གཡང་སྐམ་གཏིང་དུ་སྦས་ཨེ་ཐུབ།
ཉོ་མི་ཐུབ་པའི་དུས་ཚོད་ཀྱི་ཅང་ཤེས་རྟ་ཕོར།
ཁ་ལོ་མཚམས་མེད་དུ་བསྒྱུར་བའི་སྲབ་མདའ་བརྒྱགས།
དྲན་པ་རབ་རིབ་འདིས་སང་ཉིན་ཁོ་ནར་སྐྱེག

ཀུན་ལ་ཕན་པའི་ནོར་བུ་དངོས་སུ་མཐོང་ཡང་བོར།
སྒྲོད་དགོས་པ་ཡོད་ཚད་དམ་པོར་བཟུང་དོན་ཅི།
ཉིན་ལྟར་ལེ་ལོའི་བྲན་དུ་གྱུར་པའི་ཁོ་བོས།
འཁྱོད་གདུང་སློ་མ་གང་དྲན་པའི་པང་དུ་བཏབ།

སེམས་པ་གྲགས་སྙམ་ཅུད་ཤོབ་ཀྱི་རྗེས་སུ་ཁེན།
ལུས་པོས་ཇི་ལྟར་འབད་ཀྱང་འབྲས་མེད་དུ་སྣང་།

སྨུག་སྤྲིན་སྨུག་པོས་ཟིན་པའི་ཁ་སང་གིས།
འཇའ་ཚོན་རྣམ་པར་བཀྲ་བའི་དེ་རིང་གི་ཚབ་བྱེད་མི་ཐུབ་པས།
ངའི་སེམས་ཁོང་གི་སྟོང་ཡོར་དྭན་སེམས་ཀྱི་འབྲས་བུ་སྨིན་ཚོག་ཨང་།

དུས་ཚོད་ནི་ཉིན་ལྟར་སོས་དལ་ངང་འདས་ཚེ།
སང་ཞོགས་ཀྱི་རེ་བའི་ཉི་གཞོན་བདག་ལ་དབང་སྲིད་དམ།

ཡུན་རིང་ལུས།

དཔྱིད་ཉིན་རིང་མོར་ཚོན་རྩི་འབྱུག་མ་ཐུབ།
སྐྱིད་ལུག་དང་ཁྱུ་སིམ་པོ་ནས་གར་སྟེགས་བརྡལ།
ལྷུང་སྤྲིན་ငེས་མེད་འཐབ་པའི་དཔྱིད་ཀྱི་སྣང་སྲིད་གྲང་མོ་འདིས།
ནང་སེམས་རྫོན་མོའི་ཏིང་འཛིན་གྱི་རྙ་ཕོ་འཛོགས།
ད་ནི། རིག་གློང་མཚོ་མོ་འཁྱིལ་བའི་མཛུབ་རྩེ་འདི་འགུལ་མི་ཐུབ།
ལྷིང་འཇགས་དང་མུན་པ་དཀྲོག་པའི་དབྱངས་རྙ་ཞིག་གྱེར་མ་ཐུབ།
ཉིན་ལྟར། རྙ་བདུན་འཁོར་ལོ་ཤར་ནས་ནུབ་བར་འབྱུད་ཀྱིན།
ཚེ་ཚུའི་ཐིགས་པ་ཟགས་པར་དང་སྨུག་ཞུ་བཞིན།
བཙན་ཐང་སྒོ་བཞིའི་འགྲམ་དུ་ཡུན་རིང་སྐྱ་བ་མེད་པར་ལུས།

ང་ཚོ་འདི་ལྟར་གསོན་ཐུབ་བམ།

འཆར་གཞི་རི་ལྟར་བརྩིགས་ནས།
སྤྱི་རག་ཕག་ཕྱུག་ལྟར་བསླལ་ནས།
ང་ཚོ། སྣང་བ་སྐྱིད་པོས་འཚོ་དགོས།
གྲོད་འབུར་ཟླུད་སྟོང་དང་།
དལ་དལ་ལྷོད་ལྷོད་དང་།
འཇུམ་ཤིག་ཤིག་དང་གསོན་དགོས།

འདི་ནས་ཁོམ་པ་ཡོད་དུས།
དེ་ན་ལས་བྲེལ་ཡོད་པ་མི་ཤེས།
འདི་ནས་གནམ་གང་ཡིན་དུས།
དེ་ན་ཚེས་གཅིག་ཨེ་ཡིན།
སྟོང་སང་སང་གི་མི་ཚེ་འདི།
འཛར་འཛོར་གྱི་སྐྱིགས་རོར་གྱུར།

ང་ཚོས། རེ་བ་ཡོད་ཚད་སང་ཉིན་ལ་བཅོལ།
ལས་ཀ་ཡོད་ཚད་མི་གཞན་ལ་མངགས།

བ་མོ་རང་ཉིད་ཀྱིས་གསོས་ནས་འོ་མ་གཞན་ལ་སྦྱོང་གིན་ཡོད།
མི་ཤིང་རང་ཉིད་ལ་ཡོད་ཀྱང་ཆུ་འཁོལ་གཞན་ལ་སྦྱོང་གིན་ཡོད།

ང་ཚོར་ལས་བྲེལ་མེད་ཚེ།
ང་ཚོར་ཡོད་པ་སྨུར་བྲེལ་ཡིན།
ང་ཚོར་ཁ་འདོན་མེད་ཚེ།
ང་ཚོར་ཡོད་པ་འཚལ་རྒྱུགས་ཡིན།

གྲུ་བཞི་ཤོ་འདྲའི་གྲོས་ཤིག་གྱིས་དང་།
ང་ཚོ་འདི་ལྟར་གསོན་དགོས་སམ།

ང་རང་སྤྲར་ཚོག

༼མཐོ་འབྲིང་གི་རིམ་སྦྱོང་བསླབ་གཞི་དང་པོའི་ནང་དུ་འཁོད་པའི་ལྷུང་བུའི་སྙན་ངག་ང་རང་སྤྲར་ཚོག་ཅེས་པ་བསྒྱུགས་རྗེས།༽

ང་རང་བདེ་ཐང་དང་སྤྲར་ཚོག
ཕྱུག་པོའི་སྐྱག་ལྷུགས་ཀྱི་རྒྱན་ཆ་ལ་ལྟ་གིན་སྤྲར་ཚོག
དབུལ་པོའི་གོས་ཧྲུལ་གྱི་ཉམ་ཐག་དང་མཉམ་དུ་སྤྲར་ཚོག
སྐྱག་ལྷུགས་དང་གོས་ཧྲུལ་གྱི་སྙིང་ནས་ང་རང་བརྗེད་ཀྱིན་འདུག

ང་རང་འོད་སྣང་ཆེན་པོས་སྤྲར་ཚོག
སྙིང་ཉེ་བའི་བྱིས་པ་ཚོར་ཤེས་བྱའི་སྒྲོན་མེ་སྤྱོར་གྱིན་སྤྲར་ཚོག
ཁྲིམ་འཛིན་ཨ་མ་ཚོར་ཐོ་རེངས་ཀྱི་ལངས་བཟ་གཏོང་གིན་སྤྲར་ཚོག
ཤེས་བྱའི་སྒྲོན་མེ་དང་ལངས་བཟའི་ཁྲོད་ནས་ང་རང་བརླག་གིན་འདུག

ང་རང་སྒྲོ་སྣང་ཆེན་པོས་སྤྲར་ཚོག
ཕྲག་དོག་གི་མཛུག་སྒྲོའི་གསེབ་ནས་སྤྲར་ཚོག
བརླང་སྤྱོད་ཀྱི་ཚིག་སྒྲའི་འོག་ནས་སྤྲར་ཚོག
མཛུག་སྒྲོ་དང་ཚིག་སྒྲའི་འོག་ནས་ང་རང་བོར་གྱིན་འདུག

དུས་ཀྱི་ཕོ་ཉས་བསྐུམ་བཀྱིག་མི་ཐུབ་པའི་ང་རང་།

ཞེས་རིག་གི་སྒྲོན་མེའི་འོད་ཐིག་འཁྲོ་བའི་ང་རང་།
དཔེ་ཁྲིའི་གླིང་ནས་བཏོན་རྗེས་ཁྱེད་ཀྱི་ལག་པར་ཕུལ་ཡོད།

ཀླུལ་ནོར་བཞག་རྒྱུ་ནོར་བའི་སློན་ཅུན་པ་ཚོ།
ཁྱོད་ཚོས་བདེ་བ་འཚོལ་རྒྱུ་ལུས་འདུག་པས།
ང་རང་ནམ་ཡང་གཞན་གྱི་བདེ་བའི་ཆེད་དུ་སྤར་ཚོག

ངའི་སྐད་ཆ།

ངའི་མིག་གིས་ནམ་མཁའི་བྱ་བྱིའུ་ཚོར་རྗེས་འདེད་ཀྱིན།
ལག་པས་ས་འོག་གི་འབུ་སྲིན་ལ་བྱིལ་བྱིལ་ལན་མང་བྱས།
བྱ་དང་འབུ་སྲིན་གྱི་ཤ་ཚའི་དགོད་སྒྲ་འདི།
ཕ་ཡུལ་གྱི་ཡུལ་སྐད་སྙན་པོ་དེ་ལས་སྙིང་ཉེ་བ་འདུག
ཉེ་ལམ་སྐད་ཀྱི་ཚ་དྲོད་ནི་ནམ་ཟླ་བཞིན་དུ་འགྱུར་གྱིན་འདུག

ངས་གཞན་དང་འདྲ་བའི་སྐད་ཆ་མང་པོ་བརྗོད་མྱོང་།
ངའི་ཀླད་པས་སྐད་ཆ་ཤོད་ཐུབ་པའི་ཉིན་མོ་དེ་ནས་བཟུང་།
ངའི་ཧོ་གདོང་གི་ཆོས་གཞི་གྱུར་སོང་།
ངའི་སྐད་ཆའི་རིན་གོང་ལྷབ་གཅིག་འཕར་སོང་།

ད་ཆ། ངས་ཀླད་པའི་ཁ་དོག་དཀར་པོ་དེ་ནག་པོར་སྒྱུར་གྱིན་ཡོད།
ཀླད་པའི་གྲོ་བ་མངར་མོ་དེ་སྐྱུར་མོ་སྐྱུར་མོར་སྒྲེ་བཞིན་ཡོད།
དེ་རྗེས་ངས་རིག་ཀློང་བརྗོལ་སའི་ཡུར་བུ་གསར་པ་ཞིག་སྐྲུན་གྱིན་ཡོད།
མུ་མེད་ཞིང་ཐང་སྟེང་དུ་དོན་འཁྱོངས་ཀྱི་ས་བོན་གསར་པ་ཞིག་བཏབ་ཡོད།
ངའི་སྐད་ཆའི་ཉིང་བཅུད་ནི།
ད་ལྟ་ཉིད་ནས་སྐྱབ་དགོས་ཞེས་པའི་སྐད་ཆ་སྣ་པོ་འདི་ཡིན།

འདྲིས་ཆེ་བའི་ཁྱོད་ཀྱི་རྒྱབ་གཟུགས།

མདུན་བསུའི་གདམ་ལ་འགྲེལ་པ་མེད།
སྔོན་ཐོན་དམ་པའི་ལུང་བསྟན་ཨམ་ཕྲག་ཏུ་བཙུག
ཁྱོད་ཀྱི་འཆར་གཞི་མེད་པའི་རྒྱང་བསྐྱོད།
ངེས་མེད་དུ་རྒྱུགས་པའི་འབུ་སྲིན་བཞིན།
སྨུན་ནག་གི་ཁྲོད་ནས་འཛུམ་པ་སུ་ཡིས་མཐོང་ངམ།

ཁྱོད་ཀྱིས་བདེན་གཏམ་ཡོད་ཚད་གཞན་ལ་སྤྲོད།
རྫུན་གྱིས་བཞེངས་པའི་སྟོང་བསམ་གྱི་འཇའ་ཚོན་ཞིག
འཚོ་བའི་མེ་ལོང་གི་ངོས་སུ་རི་མོར་གསལ།

ཁྱོད་ཀྱིས་ལག་ལེན་གྱི་ཁ་ཕྱོགས་འཛོལ་བའི་བྱེད་སྟངས།
དཀར་ནག་ལྡོག་ནས་ཕྱིར་མིག་མ་འཕངས་རོགས།
སྨུག་སྲིན་འོག་ཏུ་མནན་པའི་རྗེས་ཤུལ་རིང་མོ།
དུས་ཀྱི་རྔ་ཕོས་བསྒྲོད་མི་ཚར་བའི་དཀའ་ཚེགས་དེ་མིན་ནམ།

སྐྱིད་སྡུག་རེས་མོས་ཀྱི་ལ་ཆེན་རེ་རེ་བརྒལ་དུས།

ཁྱོད་ཀྱི་མི་གཤིས་ལ་ཕོག་ཐུག་ཐེབས་དུས།
འཁྲིང་སེམས་ཀྱིས་སྨུག་ཡུས་གྲིབ་ནག་བཞིན་ཕོར།
བདེ་བསྐྱོད་ཀྱི་ལམ་ཚུང་ག་ལེར་གསལ་ཡོང་།

འདྲིས་ཆེ་བའི་ཁྱོད་ཀྱི་རྒྱབ་གཟུགས།
ཡིག་ཐོག་ཏུ་འགོད་པའི་སྟོང་ཆ་མི་འདུག
ཐེ་ཚོམ་དང་རྣམ་རྟོག་ཅི་ཡང་མེད་པར།
སྙིང་གཏམ་ཡོད་ཚད་ཁྱོད་ལ་འདྲི་རྒྱུར་བཞག་ཡོད།

རིན་བྲལ་གྱི་ཐ་སྙད།

ཚེ་སྲོག
ཉིད་པར་དཀའ་བའི་རྣམ་དཔྱོད་ཀྱི་སྤྲུལ་པ།
གཡར་སྣོད་ཀྱི་ལུས་པོར་མངལ་དུ་སྦྲུམ།
ཤ་རུས་ཀྱི་ཁོག་པར་ཤེས་རབ་ཀྱི་སྒྲོན་མེ་སྤར།
འགྲུལ་བསྐྱོད་ཀྱི་རྡོག་སྒྲ་ཡོད་པའི་བླ་སྲོག
ལྷང་མདོག་གི་འོད་སྣང་འཆར་རྒྱུར་སྨུག་ཅིག
བདེ་ཐང་གི་སྐར་ཆ་རེ་རེ་ནི་ཚེ་སྲོག་གི་རྒྱུན་བསྲིངས་ཡིན།
དུས་ཚོད།
ཐབ་ཤོར་གཉིས་ཀྱི་འདྲིས་མཚམས་སུ་ལངས་ཏེ།
ཉི་ཟླས་བརྟུངས་ཀྱང་སྐྱད་སྒྲ་མེད།
འབབ་ཚུགས་མེད་པའི་དུས་ཀྱི་རྟ་བོ།
ཕམ་ཉེས་ཡོད་ཚད་ཀྱི་བསྡུས་གཟུགས་ཡིན།
མི།
ལང་ཚོའི་དཔྱར་མཚོ་རྒྱས་རྗེས།
ཕྲག་དོག་གི་རྒྱལ་པ་གཏོར་མི་ཐུབ།
རང་བློ་བསྡུ་བའི་ངོས་ལེན་ཡི་གེ་འབྲི་མ་ཐུབ།

མིང་གྲགས་ཀྱི་དོན་དུ་ང་ཡིག་ཕྱུར་སྐམ་ལྟར་སྐུར་གྱིན།
རང་དོན་གྱི་ལས་གྲྭ་གཉེར་ནས་འདུར་རྒྱུགས་བྱེད།

ཁོམ་དུས། འགྲོད་དུས།

སྐེའུ་ཁུང་ནང་ནས་ཤར་སྔོང་གི་གཡོ་འགུལ་ལ་ལྟ་གིན།
ཡལ་ག་བཞིན་གཡོ་བའི་ངའི་སེམས་པར་སྔོད་ཁོམ་མི་འདུག
ཕྱི་རོལ་ཡུལ་གྱི་བྲག་ཅ་ཡོད་ཚད་རྗོག་པས་བཟེིས་འདོད།
གྲོང་ཁྱེར་འདི་མཐའ་བཞི་ནས་ལྷེབ་སྐེ་ཡུག་གཅིག་ཏུ་བསྒྲིལ་འདོད།
ཕོ་མོ་ཡོད་དོ་ཅོག་དམར་ཕྲེང་ཕུད་ནས་གཙང་སེལ་ཅིག་བྱེད་འདོད།

ད་ཆ། ཡོད་ཚད་ངའི་སྟོང་བསམ་གྱི་འཆར་འགོད་ཡིན།
ཉིན་ལྟར་སོས་དལ་དང་སྟོང་བསམ་གྱིས་འཛམ་གླིང་སྐོར་མཁན།
ལག་ལེན་མེད་པར་རེ་སྨུག་དང་ཕམ་ཉེས་བྱུང་བ་ང་ཁོ་ན་ཨེ་ཡིན།

ཁོམ་དུས་ངའི་སེམས་ཀྱི་བསྐྱོད་པའི་ལམ་ཐག་འདི་རིང་ཤོས་རེད།
ཁོམ་དུས་ངའི་སེམས་པ་རྨས་པའི་ན་ཚ་འདི་ལྗིད་ཤོས་རེད།
ཁོམ་དུས་ངས་ཅི་ཡང་འབྲི་ཆོག་ལ་ཅི་ཡང་བསམ་ཆོག
ཉེ་ལམ། དུས་ཚོད་ཀྱི་གོམ་སྟབས་ཉན་དུས།
ཁོམ་པའི་དུས་ནི་འགྲོད་དུས་ཡིན་པ་ཆོར།

སྣང་བ་བན་བྲུན།

སེམས་པ་འདི་མངར་ཇའི་ནང་དུ་སྦྲངས་རྗེས།
གཏམ་བརྗོད་ཀྱི་ཕོར་པ་དཀར་པོར་རང་དབང་ཅི་ཡང་མི་འདུག
དོན་གྱི་སྙིང་པོ་ཉུས་པའི་རྐང་དམར་ནང་བཞིན་མེད་པ་སུ་ཡིས་ལན།
ཚ་མེད་འདུ་འཛོམས་ཇ་ཁང་ནང་གི་གཏམ་རྒྱུད་འདྲ།
མི་བུའི་སྨྲ་བརྗོད་ནི་ཙོའི་འདོན་པ་འདྲ།

ང་ལ་དྲན་སྣང་སྐྱུར་མོ་ཛ་མ་གྲོད་ལེབ་གང་ཡོད།
ཛ་མའི་ནང་གི་རྣམ་དཔྱོད་འདི་སུ་ཡིས་རྐུ་ཐུབ་བམ།
ཚངས་མགུར་འདྲ་བའི་སྙན་ངག་འདི་སུ་ཡིས་གྱེར་ཕོད་དམ།
སེམས་ཁམས་གསོ་བའི་བདུད་རྩི་སུ་ཡིས་འཐུང་ནུས་སམ།

མང་པོ་ཞིག་ཁོ་བོས་དམར་རྗེན་དུ་བརྗོད་ག་ལ་ནུས།
སེམས་འགྱུ་ཕྲ་མོའི་འོད་མདངས་གསལ་བའི་དུས།
ལྷག་བསམ་གྱི་སྤྲིན་དཀར་ཡུག་ཅིག
ཡུལ་ཡར་མོ་ཀླུང་གི་མགུལ་ལ་ལྷབ་ལྷུབ་ཏུ་བསྒྲོན་ནོ། །

ཤོག་དཀར།

དཀར་གཙང་གི་ཤོག་དཀར།
མཛེས་སྡུག་གི་ལང་ཚོ་རེད།
ཤོག་དཀར་གྱི་ངོས་སུ་ལང་ཚོའི་ཉིན་ཐོ་འབྲི་ཆོག
དགའ་རོགས་ལ་བཅངས་པའི་ནོར་འཕྲུལ་གྱི་བརྩེ་དུང་ཡང་འབྲི་ཆོག

ཤོག་དཀར་ནི་བྱིས་པའི་ངོ་རིས་ཡིན།
ཉིན་ལྟར་སྙིང་རྩེར་འཁོན་པའི་སློབ་མ།
གཅེས་གཅེས་ཀྱིས་སེམས་ནང་ཉར་ཡོད།
དགོད་བཞིན་པའི་ཤོག་དཀར་གྱི་ངོས་སུ།
དཀར་གཙང་གི་རི་མོ་སྤུས་དག་ཅིག་འབྲི་དགོས།

ཤོག་དཀར་ཉིད་སློབ་མའི་སེམས་ཁམས་ཡིན་ཚེ།
ཡི་གེ་ནི་ཤེས་འདོད་ཆོས་ཅན་གྱི་རྒྱུགས་ཕྱི་དེ་ཡིན་ནོ། །

ང་སུ་ཡིན་མ་འདྲི་རོགས།

ཤིང་བལ་བཞིན་སྔོན་རླུང་གིས་བདས་རྗེས།
ཆགས་ས་རྟེན་ས་མེད་པ་དེ་ང་ཡིན།

སྤུང་ཐང་ཡངས་པོ་བྱེ་རླུང་གིས་བཀབ་རྗེས།
གཟན་རྩྭ་སྔར་མོ་གང་ཡང་མེད་པ་དེ་ང་ཡིན།

ཤེས་བྱའི་རྒྱ་མཚོ་ལོ་མང་བརྒལ་ནས།
ནོར་བུ་ལག་ན་མི་ཡོན་པ་དེ་ང་ཡིན།

སློབ་གྲྭ་ཆེན་མོའི་རྒྱལ་སྒོ་ནས་ཐོན་ཏེ།
སྤྲིན་མོར་གང་སར་རྒྱུགས་མཁན་དེ་ང་ཡིན།

ངའི་ཁོག་ཏུ་སྟག་སེང་ཁྱུང་འབྲུག་དང་།
མཐུན་པ་སྤུན་བཞི་མཉམ་དུ་སྡུས་ཡོད།

ཁྱོད་ཚོ་ཡང་ལག་སྟོང་མཚན་ལ་བཙུག་མཁན་དེ་ཡིན་ན།

ནར་ནར་གྱི་སྨྲ་ལྕེར་བུ་རམ་བྱུག་ནས།
ང་། ང་། ང་སུ་ཡིན་མ་འདྲི་རོགས།

ཁ་པར་ནང་གི་སེམས་འགྱུ།

(མཐོ་འབྲིང་སློབ་མས་ཁ་པར་རྩེ་བཞིན་པའི་སྐྱོང་བ་ཐད་བྲིས།)

ཁ་པར་ལ་འཐམས་པའི་ལག་པ་འཇམ་པོ་དེ་ཚོ།
བདེ་བསྐྱོད་འཁྱུག་པོས་དགོད་ཀྱིན་འདུག
ཞོགས་པ་དངངས་སྐྲག་གིས་སླེབས།
དགོང་མོ་བློ་ཕམ་གྱིས་བསྡུས།
ཉིན་གཅིག་གི་ལང་ཚོའི་མེ་ཏོག་འདི་ལྟར་རྙིད་སོང་།
ཁ་པར། དུས་ཚོད་ཀྱི་ཚོམ་རྒྱུན་ཡིད་དུ་འོང་བ་ཞིག་རེད་ཨང་།
སང་ཉིན་ཡང་ཅི་ཞིག་ལ་འགྲན་པའི་གདེང་ཚོད་མི་འདུག

ཁ་པར་ལ་འཐམས་པའི་སེམས་འགྱུ་གྲང་མོ།
རྩེད་འཛོར་གཡེང་ནས་སློབ་སྦྱོང་སྣང་མེད་དུ་བསྐྱུར།
ཉིན་མོ་བག་འཁུམ་གྱིས་བསུས།
མཚན་མོ་རེ་སྨུག་གིས་སྐྱེལ།
ལོ་གསུམ་གྱི་བྱུང་ཚད་སྐར་གྲངས་Xརེད།

སྦྱོང་བརྡར་དུ་བཤམས་པའི་འཕྲབ་སྟོན་ཐུང་ངུ་དེ།
ང་སོ་ཆེན་པོར་རློམས་པའི་འཁྱུག་དབྱིངས་སུ་འཕྱོར།

ཇི་ཙམ་བལྟས་ཀྱང་མི་ངོམས་པའི་འབྲུག་དབྱིངས་དེ།

ཁ་པར་གྱི་དྲྭ་བས་བཙུན་པའི་ངའི་སེམས་པར་ཁ་ལོ་མི་འདུག
ང་རང་ཡང་ཞབས་སུ་འཇུལ་བའི་མིའི་བསྐོངས་གྲོགས་སུ་གྱུར།

དགེ་རྒན་གྱི་བཀའ་སློབ་རྣ་རྒྱབ་ཀྱི་རླུང་བུར་བསྐུར།
ངའི་མ་སྨིན་པའི་འདྲི་ཚིག་མང་པོ་ཁ་པར་ནང་དུ་ལུས་ཡོད།
སང་ཉིན་ཁྱིམ་བདག་གི་ལག་པ་རྩུབ་པོ་དེས།
ངའི་ཁ་པར་ནང་སྐོར་ཧོག་གཅིག་བླུག་རོགས།
བཞག་ན་མི་འགྲིག་པའི་ལག་ཐོགས་ཁ་པར་དེ།

དྲ་ཐོག་གི་མགྲོན་པོ།

དྲ་བའི་ནང་དུ་ཡོད་པའི་ཞབས་ཞུ་བ་ཚོ།
སྐུ་མགྲོན་སུ་ཞིག་ལ་ཕེབས་སྐྱུག་ཞུ་བཞིན་ཡོད་དམ།
ངའི་བསམ་གཞིག་གི་རླུང་རྟ་རྒྱང་རིང་ལ་ཕྱུར་སོང་།

དྲ་བའི་ནང་སྤྲེའུ་བཞིན་འཕྲབ་ཀྱིན་པའི་དཀར་རིལ་འདི་ཚོ།
སུ་ཞིག་གི་རིགས་རྒྱུད་དང་དགེ་ཕྲུག་ཡིན་ནམ།
སོས་རྟགས་བསྐུར་ནའང་སྟུག་སྐད་ཀྱིས་རྨུག་གིན་འདུག

དྲ་ཐོག་ཏུ་འཚོ་བ་ལྷི་མོ་ཞིག་གིས་རི་གླུང་ཡོམ་ཡོམ་སྐྱུལ།
ཐད་གཏོང་སྐྱོ་པོ་ཞིག་གིས་སྐར་ཚོགས་ཤིག་ཤིག་འདར།
དཔྱུར་མཇུག་གི་མིག་ཆུ་གསོག་པའི་ལོ་ཟླ་དལ་གྱིས་གཡོ།
སྐྲག་དགོས་པ་ནི་འོད་སྣང་མེད་པའི་སེམས་པ་འཕྲུག་པོ་དེ་དག་རེད།
ཞེད་སྣང་སྐྱེ་དགོས་པ་ནི་ཉེན་མཚན་མེད་པར་ངུས་ཀྱང་།
མིག་ཆུ་མི་བཞུར་བའི་དྲ་ཐོག་གི་མགྲོན་པོ་རེད།

ཡོད་མེད་ཡིན་མིན་གྱི་དཀྱིག་མཚམས་སུ་འཁྲིང་པའི་ང་ཚོས།

རང་ཉིད་ཀྱི་སྐྱབས་མགོན་ནི་རང་ཉིད་ཡིན་པ་མཁྱེན་དགོས།
ངའི་སེམས་པས་འཁུར་བའི་བྲག་རྗེ་གློད་མི་ཐུབ་ཀྱང་།
དྲ་ཐོག་ཏུ་སྐལ་བཟང་མེ་ཏོག་གི་དྲི་ཞིམ་ཅི་ནས་ཀྱང་སྣོམ་དགོས།

དེ་སྔོན་ཁྲིམ་གཞུང་དུ་ཡོད་པའི་སློང་མོ་བ་ཚོ།
ཉེ་ལམ་ཁུ་སིམ་མེར་དྲ་ཐོག་ཏུ་གནས་སྡོས་བྱས།
གདོང་ལྤགས་མཐུག་པོས་ངོ་དགའ་སྤྲེལ་ལད་འཁྲབ་དུས།
དངུལ་ལོར་གྱིས་ཐག་པས་མཐོ་སྣང་གི་ཡོད་ཚད་བསྡམས་སོང་།
ལྷོད་མོར་དགའ་བའི་ཡ་རབས་ཀྱི་མི་རྣམས་ངོ་ཚས་སྐྱེངས་སོང་།

བདེན་པའི་སྟོབས་ཤུགས་ཡོད་པའི་ཡིག་རྗོག་སེར་ཁ་བཞིན།
དྲ་བའི་ཕོ་བྲང་ནང་དུ་འོད་ཆེམ་ཆེམ་དང་བསྒྲིགས་ཡོད།
དྲ་ཐོག་ཏུ་བཞུགས་པའི་མགྲོན་པོ་ལྟོགས་ཁྱི་ཁ་ལེབ་ཚོས།
མི་རིགས་ཤིག་གི་ བླ་གཡུ་ཡང་ཕམ་འཚོང་རྒྱུག་དོན་ཅི།

དྲ་ཐོག་གི་མགྲོན་པོའི་ཐད་གཏོང་།
སློང་མོའི་སེམས་ཀྱི་གར་སྟེགས་རེད།
སྙིང་ཁར་བྲུག་མཁན་རོལ་དབྱངས་རེད་འདུག་པས།
གཞན་རྗེན་དྲ་ཐོག་འཁར་བ་རྒྱབ་ལ་གཡུག་དགོས།

གསུམ། རྒྱབ་རིར་སྙེག་པའི་དུས་ཚིགས།

དཔྱིད་ཀྱི་ཁ་བའི་འབབ་ཚུགས་རེ་རེ་ནི།
ངའི་མི་ཚེའི་འགྲུལ་བཞུད་ཁྲོད་ཀྱི་ཀང་རྗེས་གསར་པ་དེའོ། །
བརྩེ་ཞེན་གྱིས་བསླེས་པའི་དབྱངས་གསལ་གྱི་མགུལ་རྒྱན།
དེ་རིང་། ཡར་སོ་སླུང་ནས་བཞུར་གྱིན་པའི་ཡིག་འབྲུ་རྗིག་པོ་འདི་དག
སང་ཞོགས། ད་དུང་བདག་གི་སེམས་པའི་ཕོ་བྲང་ནང་དུ་བཞུགས་སྲིད་དམ།

སྡོང་ལོ།

ཁྱོད་ཇི་ལྟར་རྒྱས་པ་ངས་མི་ཚོར།
ཁྱོད་ཇི་ལྟར་ལྷུང་བ་ངས་མི་དྲན།

དུས་ཚིགས་གསུམ་པ་ཡོལ་རྗེས།
ཁྱོད་ཀྱི་དགུན་རླུང་གྲང་མོར་སྔམ་པ་རིང་པོ་ཞིག་འཛིན།
ང་གདོང་སེར་པོར་གྱུར་ནས་གསོན་ཤུགས་ཉམས།
ཁྱོད་ཀྱི་སྡུག་རྩུས་ཟླ་བ་གཅིག་བྱས་ན།
ཁྱོད་ཀྱི་འགན་འཁྲི་ཟླ་བ་གཅིག་འཁུར་ན།
ཁྱོད་ཀྱི་དཔྱལ་བུན་ཟླ་བ་གཅིག་གཡར་ན།
དུས་ཚོད་ལ་སེར་སྣ་བྱེད་མཁན་ཡོད་སྲིད་དམ།

ལོ་མ་སེར་པོ་གཅིག་རྗེས་གཉིས་མཐུད་ངང་ས་ལ་ལྷུང་དུས།
ཁྱོད་ལ་ཡིད་རྗོན་ཙང་བའི་ཚུང་འདྲིས་བྱམས་པ་ཞིག་ཨེ་ཡོད།

སྡོང་ལོ་སེར་པོ།
ཁ་ཕྱོགས་མེད་པའི་རླུང་བུས་ཁྱེར་ནས་བར་སྣང་དུ་གཡོ་དུས།

ཁྱོད་ལ་ལེ་ཁག་མེད། ཁྱོད་ལ་རྒྱབ་རྟེན་མེད།
འོན་ཀྱང་། མི་ཚོས་ཁྱོད་ལ་ཁ་རྟུང་དྲག་པོ་ཞིག་གཏོང་གིན་འདུག
སྔོང་ལོ་སེར་པོ། ཁྱོད་རང་ངོ་མ་དཀའ་ཚེགས་ཆེ་ཡང་།
བྱིའུ་ཚུང་གི་སྐད་སྙན་མ་སྒྲོག་པའི་སྔ་རོལ་དུ།
རང་ཉིད་ཉལ་སའི་ཁུག་ཀྱོག་ཇོན་མོ་ཞིག་བཙལ་ཨེ་ཡོད།

སྔོང་ལོ་སེར་པོ། ད་ཆ་ངས་དུས་ཚོད་སྐར་ཆ་རེ་རེ་བཞིན་རྩིས་ཀྱིན།
རྒྱང་རིང་ཞིག་ཏུ་ཁྱོད་ཀྱི་བདེན་པའི་སྐད་ཆ་སྦྲ་རྒྱུར་སྒུག་ཡོད།

ཁ་བ་བབས་རྗེས།

ཀ། རི་རྩེའི་ཁ་བ།

རི་རྩེར་ཁ་བ་ལྷབ་ལྷུབ་ཏུ་བབས་བྱུང་།
བརྗོད་མི་ཚར་བའི་སྐད་ཆ་ཞིག
བོར་མི་ཐུབ་པའི་གོད་ཆག་ཅིག
བཏོན་མི་ཚར་བའི་རེ་བ་ཞིག་ཁྱེར་ནས་བབས་བྱུང་།
དལ་དལ་སྐོད་སྐོད་ངང་བབས་བྱུང་།

ལོ་གསར་དང་ཁང་གསར་གྱི་བྲེལ་བ་གཉིས་བརྩེགས།
ད་ དུང་ཁ་བ་ཞིག་འབབ་ན་བྲེལ་བ་གསུམ་བརྩེགས།
འོན་ཀྱང་། གཤིས་རྒྱུད་དང་དམ་ཚིག་གཙང་བའི་ཁ་བ།
གྲོང་ཚོར་མིག་མདའ་ཞིག་འཕངས་ནས་ཡོག་སོང་།

ཁ་བ། དབྱར་དུས་རང་བྱུང་ཁམས་ཀྱི་མིག་ཆུ་ཇོག་གཅིག
ཁ་བ། དགུན་དུས་རང་བྱུང་ཁམས་ཀྱི་མིག་སྐྱག་ཇོག་གཅིག
མཛེས་པའི་རང་བྱུང་ཁམས་ན། འབྱུང་བ་བཞི་ཡི་སྲུང་སྐྱོབ་ཡོད།
འགྲོ་དྲུག་སེམས་ཅན་ཐམས་ཅད་ལ། གང་ཞིག་གིས་ལུང་རྟེན་ཡོད་དམ།

ཁ གྲོང་ཚོའི་ཁ་བ།

གྲོང་ཚོར་ཁ་བ་ཞིང་ཞིང་དུ་བབས་བྱུང་།
བལ་འཇམ་ལྟ་བུའི་གོས་ཀྱིས་ཡོངས་སུ་བསྒྲུབས་རྗེས།
སང་ཉིན་གྱི་འཆར་གཞིའི་ཁ་དོག་དཀར་པོ་སྒྱུར་སོང་།
རྨི་ལམ་དུ་ལོ་གསར་རྨིས་ཀྱིན་སེམས་པ་ནོར་ལུག་ལ་ཁེན་སོང་།
ཡ་ང་བའི་ཡུལ་མི། སྙིང་ཉེ་བའི་ཡུལ་མི།
ཁ་བའི་དྭངས་གཙང་དང་མཉམ་དུ་ལྷིང་འཇགས་སུ་གནས།

ཁ་བ་ནི་ཕ་ཡུལ་དུ་འཁོར་བའི་ལོ་གསར་གྱི་གཉེན་ཉེ་དང་པོ་དེ་ཡིན་ན།
ང་ནི་ཕ་མ་སྤྱུན་མཆེད་ལ་མཇལ་དར་དང་པོ་བསྒྲོན་མཁན་དེ་ཡིན།
གནའ་ཉམས་འདོད་པའི་ལྗོ་ཁའི་ལོ་གསར་གྱི་སྟ་གོན་ཁ་བས་བྱས།
ཁ་བའི་ལྗོངས་ནས་ཁ་བ་གླིང་དུས་དཀར་གཙང་ཁོ་ནས་བརྩུ་ཚོག

ག ཁ་བ་དང་འདྲ་བའི་ཡུལ་མི།

ལོ་གསར་དང་མཉམ་དུ་ཕ་ཡུལ་ལ་ཁ་བ་བབས་རྗེས།
གཞན་ཡུལ་དུ་ལུས་པའི་ཡུལ་འགྱུར་གྱི་བརྩེ་བ་ཁ་བའི་ཁྲོད་དུ་འགག
ཡོག་འདོད་པའི་སེམས་པ་ལྷ་བྱ་དང་མཉམ་དུ་འགྲོགས།
སེམས་པ་རང་ཡུལ་དུ་འཕུར་ཡང་། ལུས་པོ་གཞན་ཡུལ་དུ་ལུས།
ཡ་ང་བའི་ཡུལ་འགྱུར། སྙིང་ཉེ་བའི་ཡུལ་འགྱུར།
བརྗོད་འདོད་པའི་སྙིང་གཏམ། སྐད་འཕྲིན་དུ་སྒྱུར་ཤོག

ཁ་བ་དང་འདྲ་བའི་ཡུལ་མིས། ཁྱོད་ཚོ་སྨུག་ཚོག
ཆང་བསྐོལ་དང་གྲོ་ཐུག་བསྐོལ་ནས། ཁྱོད་ཚོ་སྨུག་གིན་ཡོད།

ཁ་བ། གྲོང་ཚོའི་སྡུག་བསྔལ་མཐའ་ལ་འབུད་པའི་མེ་དཔུང་ཡིན།
ཁ་བ། ལྷག་བསམ་རྣམ་དག་མཚོན་པའི་ཡུལ་མིའི་ངོ་རིས་ཡིན།

ཁ་བ་བབས་པའི་ཕ་ཡུལ་གྱི་མཚན་མོ་དེ་འདྲའི་རིང་ཡང་རིང་།
ཁ་བ་བབས་པའི་ཕ་ཡུལ་གྱི་ཡུལ་མི་དེ་འདྲའི་མཛེས་ཀྱང་མཛེས།

ཁྲུག་ཧྲ་ཕེབས་བྱུང་།

དཔྱིད་ཀ་གང་ན་གདའ་ཞེས་པའི་དབྱངས་སྒྲའི་ཁྲོད་ནས།
མཇུག་སྒྲོ་ཡངས་པའི་ཁྲུག་ཧྲ་ཕེབས་བྱུང་།
མཐོན་པོའི་ཤེལ་བྲག་གི་དབུ་རྩེར་ཕེབས་བྱུང་།
ལྡིང་སྐོར་ལན་གསུམ་བརྒྱབ་བྱུང་།
གནག་ཅིང་སྨུམ་པའི་སྒྲོ་སྤུས།
དཔྱིད་རླུང་འཇམ་པོར་འཕྱུད་དེ།
ས་བོན་ལ་གསོན་ཤུགས་གསར་པ་ཞིག་སྦྱིན།

ཡང་ཟེར་ལྡན་པའི་གཤོག་ཟུང་།
སློབ་གསོའི་ལྡུམ་རར་བརྡབས་བྱུང་།
དད་བརྩོན་སློབ་མའི་ཚོགས་ལ་ཕུགས་འདུན་ཞིག་སྐྱེང་བྱུང་།
ཇེམ་ཚེ་འདྲ་བའི་མཇུག་སྒྲོ།
བཤེས་གཉེན་མཆོག་ལ་བརྒྱངས་ཏེ།
དཔེ་སློབ་མི་གསོའི་བྱ་བ་ཨ་ཡོང་བཞིན་དུ་བསྐྱིལ་སོང་།

གཏམ་བཟང་འཕྱིར་བའི་ཁྲུག་ཧྲ།

བདེན་པའི་རང་ཞལ་སྟོམ་པའི་ཁྲུག་ཧ།
ཡར་ལྷ་ཤམ་པོའི་དབུ་རྩེར་འཕྱུར་ཅིག

ཟླ་ཚོད།

གདོད་མའི་སྔོ་ལྗང་གི་ཟས་རིགས།
ཁྱོད་ཉིད་ཐོག་མར་འབྱུར་འབྱུར་དུ་སྐྱེས།
སྐྱ་ཟད་སྔོ་ཕྲུག་གི་དཀྱིགས་མཚམས་འདིར།
ཁྱོད་ལས་ཐོབ་པའི་བཅོས་མིན་གྱི་བརྩེ་བ་དེས།
ས་མཐོར་འབྲུངས་པའི་ནོར་བུ་ཀུན་འཕྱུང་ཡིན།

སྔོ་ལྗང་གི་ཟླ་པོ།
འདྲེན་བྱེད་ཀྱི་ལམ་དུ་ཟང་ཟིང་ཆེ།
མགྲིན་པའི་ནང་དུ་མདངར་བསིལ་རྒྱས།
ཊུས་པའི་གཏིང་དུ་སིམ་དུས།
སེམས་པ་ལྗོད་དུ་བབས།

མཐོང་དུས་མཛེས་ཆོས་མེད་ཀྱང་།
གཤིབ་དུས་དང་རྒྱུད་རིང་པོ།
ནམ་དུས་ཀྱི་འདུ་ཤེས་ཟབ་པའི་སྔོ་ཚོད་འདི།
སྐྱེས་བུ་དམ་པ་ཞིག་གི་ཚེ་སྒྲོག་གི་རྒྱུན་བསྒྲིངས་ཡིན།

སྟོན་གྱི་མཚན་མོ།

གསེར་འོད་འཕྲོ་བའི་འབྲས་ལྗན་སྟོན་ཀའི་དུས་འདིར།
སྐྱེ་བོ་ཚང་མས་གསེར་ཁུ་འཐུ་བའི་ངང་ཚུལ་འདི་ཤིན་ཏུ་སྐྱིད།
གསེར་གཞོང་གི་མཐོ་སྒང་དུ་བདུད་རྩིའི་བྱིན་རླབས་འཁྲུངས་ཏེ།
ཀུན་གྱི་མི་གཙང་བའི་ལུས་པོར་བྱབས་ཁྲུས་ལ་བྲེལ།

སྟོན་གྱི་འཛུམ་མདངས་ཡོད་ཚད།
ཕ་ཡུལ་གྱི་མངལ་དུ་སྦྲུམ་ཤེ་ཡོད།
སྟོན་གྱི་མཁའ་དབྱིངས་སུ་ཅེར་དུས།
རང་གི་བློ་ཁ་སྔོན་མོར་སྐྱིད་སྣང་རིང་མོ་ཞིག་བསླངས།
ཁོག་ཡངས་པའི་འདུན་པ་མང་པོ་ཞིག་བག་ཡངས་སུ་རྒྱུ།
དྲན་མ་སྨྱོང་བ་མང་པོ་ཞིག་ཚུར་འཐེན་བཞིན་ཡོད་པའང་མཐོང་།

སྟོན་འབྲས་ལྗར་སྨིན་པའི་དུང་ཟླ་སྒོར་མོ་རིག་དུས།
ཁྱོད་དྲན་པ་ནི་བདེ་སྐྱིད་ཅིག་ཡིན་ལ་སྡུག་བསྔལ་ཞིག་ཀྱང་ཡིན།
རྒྱང་རིང་གི་ཁྱོད་ཀྱང་དེ་རིང་གི་སྟོན་ཀ་འདི་ཡིན་པར་སྨོན།

ཁྱོད་ཀྱི་བརྩེ་སེམས་སྔོན་གྱི་སྔོང་ཡོར་འཕྱུད།
ཕྲེལ་འཚུབ་ཆེན་པོས་ལྷབ་ལྷུབ་ཏུ་གཡོ་བཞིན།
ངའི་རེ་སྨྲུག་གི་མིག་ཟླུང་ངོས་སུ་ཡང་ཡང་ལྷུང་།

མཚན་མོ་འདི་ཧ་ཅང་ལྷིང་ཞིང་འཇགས།
ཁྱོད་ཀྱིས་བརྩེ་བས་ཀུ་མུད་བཞད་དུས།
ངའི་ཁེར་རྐྱང་གི་སེམས་པ་རྒྱང་རིང་དུ་ཞོར་སོང་།

གདོང་རིས་སུ་དགའ་སྐྱོ་གསལ་བའི་སྔོན་གྱི་མཚན་མོ།
པང་དུ་སྐྱོ་གདུང་བཏབ་པའི་སྔོན་གྱི་མཚན་མོ།
ངའི་མཛེས་སྡུག་གི་སྔོང་བསམ་འགྲོགས་སུ་བཀུག་ནས།
མགྲིན་པ་བསངས་ཏེ་ཁྱོད་ལ་གླུ་ཞིག་ལེན་དགོས།

ནམ་ཟླ་ཡོལ་སོང་། ཁྱེད་གང་དུ་ཡོད།

ཁྱེད་རང་། རྡོ་སྐྱིད་བསྐམས་པའི་འཇམ་མཉེན་གྱི་དཔྱིད་རླུང་།
རིན་ཆེན་ས་བོན་གཉིད་ལས་སློང་བའི་སེམས་ཀྱི་བང་ཆེན།
ངའི་འབྲོག་རར་སླེབས་མ་མྱོང་བའི་སྙིང་སྡུག་མ།
ལོ་དེར། མ་མོས་ལུ་གུ་ཁྲིད་པའི་ལོ་དེར།
ནམ་ཟླ་མ་ཡོལ་གོང་ཁྱེད་སླེབས་ཡོང་ཟེར།
ད་ཆ་ནམ་ཟླ་ཡོལ་སོང་། ཁྱེད་གང་དུ་ཡོད།

ཁྱེད་རང་། གཡུ་ལོའི་རྩེ་མོར་འཕྲམ་པའི་ཆར་འདོད་ཀྱི་བྱིའུ།
ལྷུང་གླིང་གྲུ་བཞིར་ཡིབ་པའི་སེམས་ཀྱི་ཟླ་བོ།
ངའི་རྒྱ་མིག་ལ་འཁོར་མ་མྱོང་བའི་ལྷ་བྱ་དཀར་པོ།
ལོ་དེར། ཆར་རྫེས་ཀྱི་ཤ་མོ་འཐུ་བའི་ལོ་དེར།
ནམ་ཟླ་མ་ཡོལ་གོང་ཁྱེད་སླེབས་ཡོང་ཟེར།
ད་ཆ་ནམ་ཟླ་ཡོལ་སོང་། ཁྱེད་གང་དུ་ཡོད།

ཁྱེད་རང་། གསེར་མདོག་མདངས་སུ་བཀྲ་བའི་ས་ཡི་ཐིག་ལེ།
དགའ་འབོད་པང་དུ་འདྲེན་པའི་སེམས་ཀྱི་འགྱུར་རྟེན།

ངའི་ཞིང་སར་བཙེམ་མ་སྨྱོང་བའི་ལྷན་པ་དགུ་བརྩེགས།
ལོ་དེར། ཁུ་བྱུག་མོན་ཡུལ་དུ་ལོག་པའི་ལོ་དེར།
ནམ་ཟླ་མ་ཡོལ་གོང་ཁྱེད་སླེབས་ཡོང་ཟེར།
ད་ཆ་ནམ་ཟླ་ཡོལ་སོང་། ཁྱེད་གང་དུ་ཡོད།

ཁྱེད་རང་། གྲང་ངད་གྱིས་བཙེམ་པའི་ས་རྒྱུའི་རང་གཤིས།
གྲང་བ་ཀུན་བརྫུས་ཐེག་པའི་སེམས་ཀྱི་ལྷ་ཤིང་།
ངའི་རྣམ་ཤེས་སུ་དཀྱིལ་མ་སྨྱོང་བའི་དབྱངས་ཧ་སྐྱན་མོ།
ལོ་དེར། དགའ་ཉེ་སྲུན་མཆེད་འཇོམས་པའི་ལོ་དེར།
ནམ་ཟླ་མ་ཡོལ་གོང་ཁྱེད་སླེབས་ཡོང་ཟེར།
ད་ཆ་ནམ་ཟླ་ཡོལ་སོང་། ཁྱེད་གང་དུ་ཡོད།

ལམ་སྟེ་ཁོ་ནར་བཏགས་པའི་ཁྱེད།
ནམ་ཟླ་ཡོལ་རྗེས་ཀྱི་སེམས་ཚོགས་ཤིག
བདག་གི་མི་ཚེའི་བཤུལ་ལམ་ཞིག

དུས་ཚོད་ཀྱི་ཏང་རྗེས།

དུས་ཚོད་ཀྱི་གོམ་སྒྲ་ཡལ་མེད་ན།
ངས་ཕྱིར་རྟོག་རེ་རེ་ཡི་གེར་ཕབ་ནས།
མྱུར་བགྲོད་ཀྱི་བདེ་ལམ་ཐོག་བསྐྱོད་སྒྲུ་ཞིག་ལེན་ངེས།

དུས་ཚོད་ཀྱི་ཏང་རྗེས་ཡལ་མེད་ན།
ངས་བལྟ་འདོད་པའི་གླིགས་བམ་རེ་རེ་ཕྱིར་བསྒོག་ནས།
ཚིག་རྒྱན་མཚར་པོ་དེ་དག་པང་དུ་ལེན་འདོད།

དུས་ཚོད་ཀྱི་ཏང་རྗེས་ཡལ་མེད་ན།
ངས་སློབ་ཆེན་གྱི་ཐེམ་པ་རེ་རེ་བརྒལ་ནས།
སྒྲ་རིག་པའི་རལ་གྲིར་དཔོ་ཞིག་འདོན་ངེས།

སོས་དལ་དང་ནས། སོས་དལ་དང་ནས།
རྒས་གཉེར་གྱི་ཏང་རྗེས་མང་པོ་བརྒྱུད་དུས།
ལང་ཚོའི་ཕྱི་ཤུན་ཡོད་ཚད་ལ་གས་ཁ་ཤོར།
གཏན་འཛོམས་ཀྱི་དུས་ཚད་ནི་མཐར་གཅོད་ཅིག་ཡིན་ཨང་།

སོས་དལ་ངང་ནས། སོས་དལ་ངང་ནས།
དུས་ཚོད་ཀྱི་རྐང་རྗེས་ངའི་ཤོག་ཐོག་ཏུ་བྲིས་མི་འདུག་པས།
ངས་འཇིག་རྟེན་ཕྱི་ངོས་ཀྱི་མཛེས་པ་ནང་དུ་བཀུག་ནས།
རྒྱང་རིང་ནས་འཛུམ་བཞིན་པའི་མེ་ཏོག་དེར་ཅེར་དགོས་བྱུང་།

དཔྱིད་ཆར་ཁྲོད་ཀྱི་ཁྱུག་རྟ།

གཙུག་ལག་དཔྲ་ལགས་ཀྱི་སྐུན་དེབ་གཉིས་པའི་བགྲོ་གླེང་མཇུག་བསྡོམ་རྩེས་ཀྱི་སྒྲོང་བ།

གཞུལ་གྱི་མི་ཕོ་དྲིན་ཆེན་ཞིག
གཞུལ་དགེ་རིའི་རྩེ་ནས་རིག་གློང་བརྫོལ།
ནས་ཆང་སྨུག་པོ་བཏུངས་པའི་རིན་དོད་ཏུ།
རྗེས་ཤུལ་རེ་རེར་སེམས་ཚོགས་ཀྱི་སྨུ་དབྱངས་ལེན་གྱིན།
《རྨི་ལམ་ཁྲོད་ཀྱི་དཔྱིད་ཆར་》སྟོན་མོར་བཤམས།
བློ་ཁ་ཏུ་མི་གཞོང་བའི་སྙིང་གཏམ་ཡོད་ཚད་ས་འདིར་བཞོས།

ཁྱུག་རྟ། ཡུལ་མཆོག་འདིའི་ཆེས་དམའ་སར་འཕུར་ཏེ།
རྫོལ་ཚོག་ཚོག་གི་གཞོག་པ་གཅིག་ནི་མིག་ཆུ་རེད་ལ།
རལ་ཚོག་ཚོག་གི་གཞོག་པ་གཞན་དེ་སེམས་པ་རེད།
མིག་ཆུ་དང་སེམས་པའི་གློང་ནས་ཡིད་ཀྱི་མཚོ་མོ་བསྐྱམས་ཏེ།
མི་རབས་རྗེས་མར་ལྷ་བཞིན་འཆར་སྣང་བརྩམས།

ཁྱུག་རྟ། དབྱངས་གསལ་གཉིས་མཆུ་རྩེར་བཏགས་པའི་དུས་བྱ།
དུས་རབས་ཀྱི་སྒོ་མོར་འཕུར་ཏེ།
རི་བའི་གཞོག་བྱང་རྗེབ་ཀྱིན།

ངའི་བཟི་མདངས་བའི་རྣམ་ཤེས་མོག་པོར།
འོད་རླབས་འཕྲོ་བའི་སྒྲོན་མེ་འཛད་མེད་སྤར།

ཁྱུག་རྟ། གསེར་ལས་ལྷག་པའི་དུས་ཚོད་ཀྱི་པང་ཁར་འཁྱུད།
སྣན་ངག་ཅེས་པའི་ཐ་སྙད་མཚར་པོ་འདི་གང་སར་གླིང་སྒྲོང་།
ངས་ཁྱེད་ཀྱི་སྙན་རྩོམ་ལ་གྲེར་ཀློག་ཚར་གཅིག་གིས།
ཁྱེད་ཀྱི་པང་དུ་ཡུན་རིང་འཇུལ་ཏེ་གཅེས་སྐད་ཅིག་ལབ་འདོད།

ཁྱུག་རྟ། ཕ་གཞིས་གསར་པའི་ཤོར་བུ།
ཞི་རྒྱས་གླིང་གི་ལྷགས་རི།
ཡུལ་ཡར་མོ་ སླུང་གི་བྲང་གཞུང་དུ།
གཞོག་པ་ལན་གསུམ་བརྡབས་ཏེ།
ཕྱུགས་འདུན་གླིང་བཞིན་རྐང་རྗེས་གསར་པ་བཞག
ཁྱུག་རྟ། ཁྱེད་ནི་ལྷོ་ཁའི་གྲང་ངར་མཐའ་ལ་འབུད་པའི་མེ་ལྕེ་དེ་ཡིན།

ལོ་གསར་པའི་སེམས་འཕྲིན།

ངན་པ་དགུ་འཛོམས་བཟློག་ཐུས་པའི་ཉིས་སྟོང་ཉི་ཤུ་ལོ།
བཟང་པོ་བཅུ་པང་དུ་བླངས་པའི་ལོ་གསར་པའི་ཉིན་དང་པོར།
ངས་མི་ཚེའི་ཤོག་ལྷེ་གསར་པའི་ཐོག“ཁམས་བཟང་”ཞེས་འབྲི་ཆོག
རེ་བའི་གཤོག་ཟུང་ཐོགས་པའི་གྱི་ལིང་རྟ་མཆོག
མཐའ་ཡས་སྐྱོབ་གསོའི་སྤང་ཐང་ཐོག་བདེ་མོར་སྐྱོད་དགོས་དུས།
ངས་ཐོས་བསམ་བཀྲ་བའི་སྤང་རྒྱན་མེ་ཏོག་གང་མང་འབྲི་ཆོག

སྨྲ་བརྗོད་རང་དབང་ལྡན་པའི་བཤད་སྟེགས་གྲུ་བཞིས།
སྟོད་ལྡན་སློབ་མའི་ཀླད་པ་གཙང་མར་འཁྲུ་དུས།
ངས་བརྩོན་དཔྱད་ལུང་གིས་སྤུག་པའི་བསྒྱུར་བསམ་ཞིག་འབྲི་ཆོག
དལ་དལ་ལྷོད་ལྷོད་ངང་ནས་འབྲི་ཆོག་ཨང་།

རྒྱང་རིང་།

ཏ་ལྷ་སློབ་ཆེན་གྱི་ཞོ་རེངས་ཆུ་ཚོད་བཞི་དང་ཕྱེད་ཀ་ཞེས་པའི་དཔེ་ཆ་དེ་བཀླགས་རྗེས།

ཀློག་བཞིན་པའི་མིང་དང་ཚིག
གུ་យངས་པའི་ལམ་ཆེན་ཐོག་རྒྱུགས་ནས་འགྲོ་བཞིན་འདུག
སུས་ཀྱང་དེར་འགོག་རྐོལ་མ་བྱེད་ཅིག
རྒྱལ་ཁའི་གཏམ་བཟང་གི་རྒྱུན་བསྲིངས་པ་ཡིན།

མུན་པ་མེད་པའི་གནས།
སྡུག་བསྔལ་མེད་པའི་གནས།
ཏ་ལྷ་སློབ་ཆེན།
ངོན་འཕྲིངས་པ་ལ་ཐོབ་པའི་བསམ་བློའི་བང་མཛོད་ཡིན།
གནས་དེར་སྐྲ་བ་ཉུང་ན་ཉུང་དུ་ཆུགས།
དུས་ཚོད་ཀྱི་རྒྱ་མའི་སྟེང་དུ་ཁོ་ཚོར་ཡང་ལྗི་མི་འདུག
གནས་དེར་འབད་བརྩོན་གྱིས་ཤེས་རབ་བསྐྱེད།
གནས་དེར་དུས་ཚོད་ཀྱིས་རྒྱང་རིང་གི་ཡོད་ཚད་མཐོང་ཐུབ།

ང་ཚོས་རྒྱང་རིང་སླེང་ན་ཇ་ཁང་སླེང་།
ང་ཚོས་ལས་ཀ་སླེང་ན་གཟའ་མཇུག་སླེང་།

ང་ཚོས་དེ་རིང་མང་ཙམ་གླེང་ན།

འཛིག་རྟེན་སྟེང་ན་ངེས་པ་དོན་གྱི་དཀའ་ཁག་ཅིག་མི་འདུག

ཁ་བའི་འབབ་ཆུགས།

དཕྱིད་ཀྱི་ཁ་བ་འདི། ནོར་འཛིན་སྐེག་མོའི་འཛུམ་ཞལ་ལྷང་ཁྲུ་དེ་འོ། །
ཁ་ཤུལ་ནག་ཁྲ་འདི། ཁོམ་པ་མེད་པའི་ཁྲིམ་གཞུང་གི་རྩམ་དྲི་དེ་འོ། །
དཕྱིད་ཀྱི་ཁ་བའི་སྙིང་དུ་ཐོབ་དང་གོ་ས་ཡོད།
དཕྱིད་ཀྱི་ཁ་བའི་གསེང་དུ་དབྱངས་གསལ་གྱི་ཀེང་རུས་ཡོད།
ཁ་བའི་འབབ་ཆུགས་ཡངས་པོའི་ནང་བདེ་སྐྱིད་ཀྱི་ཁ་གཡང་ཡོད།

ངའི་སྙོ་ཕམ་ཡོད་ཚད་ཁ་བས་བཀུས་རྗེས།
ཉོད་རླུང་གི་མཐའ་ནས་རེ་སྨུག་མཆེད་ཀྱིན།
ཁམ་བུའི་མེ་ཏོག་གི་འཛུམ་བག་གྲོལ་བྱུང་།

དཕྱིད་ཀྱི་ཁ་བའི་འབབ་ཆུགས་རེ་རེ་ནི།
ངའི་མི་ཚེའི་འགྲུལ་བཞུད་ཁྲོད་ཀྱི་རྐང་རྗེས་གསར་པ་དེ་འོ། །
བརྩེ་ཞེན་གྱིས་བསླེས་པའི་དབྱངས་གསལ་གྱི་མགུལ་རྒྱན།
དེ་རིང་། ཡར་མོ་སླུང་ནས་བཞུར་གྱིན་པའི་ཡིག་འབྲུ་རྙིག་པོ་འདི་དག
སང་ཞོགས། ད་དུང་བདག་གི་སེམས་པའི་ཕོ་བྲང་དུ་བཞུགས་སྲིད་དམ།

ཟླ་བ་དྲུག་པ།

བཀྲ་ཤིས་ཟླ་བ་དཀར་པོས་རྫོངས་པའི་མུན་པ་གཏོར།
ཡིག་རྒྱུགས་གསུམ་གྱིས་སློབ་མའི་སྤྱོད་པ་བཏུལ།
ལོ་གསུམ་གྱི་རྒྱལ་ཕམ་གླིང་གིན་སློབ་མའི་སློ་སྙིང་བརྟོལ།
ལོ་རེའི་ཟླ་བ་དྲུག་པའི་ཨམ་ཕྲག་ནང་།
འབད་བརྩོན་དང་སྙིང་སྟོབས་ཀྱིས་མཚོན་ཆ་གང་མང་བླུགས་ཡོད།
སྙིག་ཧུ་ནློ་འཁྱོད་ཀྱང་སྐྱི་མོ་ནག་ཁྲ་གང་སྦས་ཡོད།
རེད་ཡ།། ཡར་ངོའི་ཟླ་བ་དྲུག་པར།
སློབ་མ་འབུམ་ཕྲག་མང་པོས་རྒྱལ་ཁའི་མགུར་གླུ་ལེན་མྱོང་ལ།
སློབ་མ་ཁྲི་སྟོང་མང་པོ་ནློ་ཕམ་གྱི་སྐྱོ་གླུས་བཟི་མྱོང་ཡོད།

རྒྱུགས་རའི་ནང་ངོས་ཀྱི་འཕྲུན་སྒྲ་དང་རྟུལ་ཚུར།
མིང་གྲགས་ཆེ་བའི་སློབ་གྲྭའི་འབོད་ཚིག་སྦྱར་ཡོད།
ཕྱི་རོལ་དུ་དང་རྒྱུད་རིང་པོས་སྒུག་ཡོད།
དྲི་མེད་ལྷ་དར་དཀར་པོ་བཏེགས་ནས་སྒུག་ཡོད།

སྐར་གྲངས་མཐོ་དམའི་བསྡོམས་འཛིན་འདི།

སློབ་མའི་བྱང་ཚད་འཛལ་བའི་གཞོང་པ་ཡིན།
དེ་འདྲའི་དགོད་བྲོ་བའི་མི་ཚེའི་རྒྱུགས་སྦྲོད་བཙན་པོ།
རྟང་རྗེས་ཚ་པོས་འགོག་ཐབས་ཤིག་ཨེ་ཡོད།

མཐོ་རྒྱུགས། འབྲིང་རྒྱུགས། ཆུང་རྒྱུགས་གསུམ།
ཟླ་བ་དྲུག་པའི་ཤེས་དཔལ་ཡིན།
རི་རྩེར་བསང་དྲི་འཐུལ་ཞིང་སྨོན་ཚིག་ནམ་མཁར་འཕྱུར།
བཟང་གསུམ་འཛོམས་པའི་མཆོད་པ་ཡང་ཡང་འབུལ།

ཟླ་བ་དྲུག་པའི་ནམ་མཁའ་དེ་འདྲའི་དམའ་བ་ལ་ཨང་།
ཁྲིམ་བདག་གི་རེ་བ། ཉི་མའི་ཚ་ཟེར་གྱིས་བརྟུངས།
སློབ་ཐོན་སློབ་མ། སྨྱུག་རྩེ་ནག་པོས་བཙུན།
སྨྱུག་རྩེ་འགྲུལ་བའི་འཐབ་འཛིང་དྲག་པོ་འདིས།
ཟླ་བ་དྲུག་པའི་གདོང་ལྤགས་ཡོད་ཚད་བཤུས།
ཟླ་བ་དྲུག་པ་སྐྱབས་ཆེན་བདེ་གྲོལ་གྱི་དཔང་པོ་ཡིན།

འཕྱུར་ཅིག   སྙིང་ཉེ་བའི་སློབ་མ་ཚོ།
སྔོན་ཟླ་མ་འཆར་ཐོན་དུ་ཁྱེད་ཚོ་སྨིན་དགོས།
ཕྱི་ནང་གཉིས་ཀ་སྨིན་དགོས།

ཟླ་བ་དྲུག་པ། ཡིག་རྒྱུགས་ཟླ་བ།

མི་ཚེའི་ཁ་དོག་སྒྱུར་མཁན་གྱི་ཟླ་བ་དཀར་པོ།
འོད་དུ་འཚེར་ཞིང་གོང་ནས་གོང་དུ་འཕེལ་བར་ཤོག

དབྱར་མཛུག་གི་མེ་ཏོག

དགོད་མི་ཐུབ་པའི་དབྱར་མཛུག་གི་མེ་ཏོག
རྫ་སེར་གྱི་གོས་ཐུང་རལ་པོའི་ནང་དུ་འཛུལ་རྗེས།
ཡིད་སྐྱོ་བའི་སྐིད་རགས་ཀྱི་སེམས་ཚོགས་ཕྲ་མོ།
མདུན་གྱི་གྲོད་པ་ནག་པོའི་ཡུལ་ལྗོངས་སུ་ཧྲོམ།
ཁོ་བོས་དམ་ཚིག་གཙང་མའི་ཞིང་ཁམས་འདིར།
སྣམ་བུ་དཀར་པོའི་ལྷན་པ་དགུ་བརྩེགས་བརྒྱབ་ཡོད།

དེ་རིང་ནོར་བུས་བཏུམས་པའི་གསེར་གྱི་རི་བོའི་སྟེང་ནས།
འཆི་མེད་བདུད་རྩི་འདྲ་བའི་གཏམ་ཞིག་བརྗོད་འདོད།
ཡིན་ནའང་། ཉན་མཁན་ཚོའི་ཐོས་བསམ་གྱི་གཤོག་པ་བསྐུམས་ཟིན།
ཀློག་པ་པོའི་སེམས་ཀྱི་དང་བ་འདྲེན་པའི་མིག་རིལ་ནོག་ཟིན།
འཆད་མཁན་གྱི་རྩོམ་འབྲིའི་ལས་གྲྭ་ནུབ་ཟིན།
རྩོད་མཁན་གྱི་འགྲུལ་བཞིན་པའི་ཁྲག་རྩ་བཏོལ་ཟིན།

སྨིན་མ་ཐུབ་པའི་མེ་ཏོག་གི་ཆེད་དུ།
དབྱར་མཛུག་གི་ཚ་གྲང་ལན་བརྒྱར་བལྟེབས་རྗེས།

ངའི་སྐལ་ཚོགས་མེད་པའི་དབྱར་ཁ་འདི་ལྟར་འཁྱམས་སོང་།
ངའི་ཆར་རླུང་གིས་འདེད་པའི་བདེན་ཚིག་འདི་ལྟར་འཐོར་སོང་།

དྲན་པ་རབ་རིབ།

དྲན་པ་རབ་རིབ་ཀྱི་ཀློང་ནས།
ལག་ཆུང་གཉིས་སྐད་འཕྲིན་ལ་འཐམས་ཏེ།
སྤྱན་མིག་གཉིས་འཛིག་རྟེན་གཞན་ཞིག་ལ་གཏད།
དེ་རིང་ནི་དབྱིངས་དང་མཛེས་པས་བཞུད་ཟིན།

དྲན་པ་རབ་རིབ་ཀྱི་ཀློང་ནས།
འཁྱུག་དབྱིངས་ཀྱིས་བསྐོར་བའི་གནས་གསར་པར།
སྨོན་འཛུགས་ཀྱི་གོ་སྐབས་མ་རྙེད་པར།
སྟོན་མཇུག་གི་མཚན་མོའི་བསིལ་རླུང་ཡང་འཛགས་སོང་།
ད་ནི་ངས་བསྐྱར་ཟློས་བྱེད་དགོས་པ་ཕམ་ཉེས་ཕོ་ན་ཡིན་ནམ།

གླུ་བ་དང་པོ་ཕྱི་མ། ལས་འགོ་ཚུགས་པའི་སྟ་མ།

གཡའ་དག་པའི་ཞིང་ཁམས་འདིར།
དཔྱིད་ཀྱི་རྣམ་པ་གསར་དུ་སླེབས།
དོགས་པ་མང་པོ་གངས་འཁྱུགས་དང་མཉམ་དུ་བཞུར།
ཡིད་ཆེས་ཡོད་ཚད་ཁམ་སྟོང་སྟེང་དུ་བཞད།
བོད་གླུ་དང་པོ་ཕྱི་མ། ལས་འགོ་ཚུགས་པའི་སྟ་མ།
ངས་བུ་སློབ་དང་མཉམ་དུ་བསླབ་གཞི་ལ་ལྟ་བཞིན།
དད་བརྩོན་ཤེས་རབ་འཚོལ་བའི་གླུ་ལྷག་འདིའི་སྤྲོ་བ་མཉམ་དུ་སྐྱོང་།

གླུ་ལྷག གསང་བ་ལྟ་བུའི་གླུ་ལྷག
ངའི་རྒྱས་གཉེར་འགྱུར་བའི་གླུ་ལྷག
སྙིང་གི་སྦུབས་ཀར་ཡུན་རིང་གནས་ཚང་གཡར་བའི།
ཐལ་རླུང་རྙོག་མའི་ཞུ་དག་ཅིག་ཡིན་ངེས།

གླུ་བ་ལྷག་མའི་འཛུམ་མདངས།
ཉེ་རིང་མེད་པའི་དུས་ཀྱི་ཕོ་ཉའི་རྣམ་འགྱུར་ཡིན།
འཛིག་རྟེན་ཕལ་པའི་གཏན་ཚིགས་ཀྱིས།

གླུ་བ་ལྷག་མར་བསྒོམས་ཚིག་ཅིག་འཇོག་ག་ལ་ནུས།
ལོ་གསར་པའི་འཆར་གཞིར།
འབབ་ཚུགས་བརྟན་པོ་ཞིག་མ་རྙེད་ཚེ།
དཔྱིད་རླུང་ཙུར་ཙུར་དུ་ལྡང་ཡང་།
གཞོན་པའི་ལག་པར་ཚ་དྲོད་སླེབས་དཀའ།
བོད་གླུ་དང་པོ་ཕྱི་མ། ལས་འགོ་ཚུགས་པའི་སྤྱི་མ།

བོད་གླུ་དང་པོ་ཉིས་བརྩེགས།
འཆར་གཞི་འབྲུག་པའི་གསུམ་བརྩེགས།
མི་ཚེར་སྙིང་པོ་ཇི་ཙམ་སྟོན་ཐུབ་བམ།

དཔྱིད་ཀྱི་ཁ་བ།

སྲིན་ཕུང་ལེབ་མོ་སྦྲར་མོས་མ་བཙིར་ཡང་།
སྙིང་ཉེ་བའི་ཁ་བ་ལྡེབ་ལྡེབ་ཏུ་བབས་བྱུང་།
བརྗོད་འདོད་གཏམ་གྱི་ཉེ་འོད་མ་འཁྲོས་སྟོན་ཏུ།
ང་དང་ཁ་བའི་སྙིང་གཏམ་དཔྱིད་རླུང་འཇམ་པོས་ཁྱེར་སོང་།

དཔྱིད་ཀྱི་ཁ་བ། སེམས་ཐག་ཆོད་པོས་བབས་བྱུང་།
དཔྱིད་གནམ་འདྲ་བའི་མི་བུའི་བརྩེ་བ་བཞུར་ཟིན།
ཁ་ཤུལ་གྱི་ལམ་ཕྲན་སྟེང་དུ་འགན་འཁྲི་བོར་མཁན་ཚོར།
དཔྱིད་ཀྱི་སྲིད་རྟུས་བཟང་པོའི་འོད་སྟོང་འཕྲོ་ཐུབ་བམ།

དཔྱིད་ཀྱི་ཁ་བས་རིན་ཆེན་ས་བོན་གཉིད་ལས་སློང་།
དཔྱིད་ཀྱི་ཁ་བ་ནི་སྐྱེ་དངོས་ཀྱི་སྐོམ་ཆུ་དང་པོ་དེའོ། །

འཆར་སྣང་གསར་པ།

མི་ལོ་མང་པོ་འདས་ཟིན།
ཉིན་མཚན་ལྷུ་ཆང་གི་སྙིང་སྟུག་ལ་འཁྱུད་མཁན་དེ་དག
རྒྱུགས་ཕྱེ་གང་ཞིག་ཁྱེར་ནས་ཐོན་རྟིས་ཡོད་དམ།

དཔྱིད་འགོ་རྩུགས་དུས་ཡོད་ཚད་སྐྱེས་སྟོབས་ཀྱི་དཔལ་འབར།
བླད་པའི་ས་བོན་ག་རྟོད་བཏབ་ཀྱང་ལོངས་རྒྱུ་མི་འདུག
ཡང་སྙིང་ནམ་ཟླ་འདིར་གང་ཞིག་བཏབ་ན་བཟང་ངམ།

ས་ག་ཟླ་བའི་སེམས་འགྱུ།

ས་ག་ཟླ་བར་གནས་སྐོ་ཕྱིས་པ་རེད།
དམར་ཟས་ཀྱི་ཕོར་པ་སྐམ་པ་རེད།
ཡིན་ནའང་། སེམས་སུ་བཏབ་པའི་ཤ་ཁོག
ད་དུང་བཟའ་འདོད་ཀྱི་ཧམ་སེམས་ཆེ་ཆེར་རྒྱས།

དུད་ཚང་ཁྲི་སྟོང་མང་པོའི་མེ་ཐབ་ཀྱི་ཚ་དྲོད་ཡལ་རྗེས།
བོང་བུས་ནམ་ཚོད་ཟིན་པར་རྣམ་རྟོག་བྱེད་མཁན་མི་འདུག
ས་ག་ཟླ་བའི་མིང་གྲགས་ཆེ་རང་དྲགས་པས།
ཐག་རིང་ནས་བསྙམས་པའི་ཕག་ཤ་གསོས་པ།
གྲོང་པའི་སེང་ཕྲུག་གིས་ཀྱང་བཟའ་མཁན་མི་འདུག
ང་ཚོའི་དགེ་སྐྱབ་ཀྱི་སྙིང་པོ་སུ་ཞིག་གིས་མཁྱེན་ནམ།

འདྲིས་ཆེ་བའི་སྐོ་ཕྱུགས་ཀྱི་ཁྲིམ་གཞིས་འཁོར་དུས།
ཡང་སྙིང་ས་ག་ཟླ་བར་མཆོད་པ་གང་ཞིག་འབུལ་དགོས་སམ།

བཞི། རྒྱབ་རིར་རྟམ་པའི་བརྩེ་བ།

ནོར་ལུག་གི་འབའ་སྒྲ་དང་རི་དྭགས་ཀྱི་སྐྱིག་སྒྲ་ལ་ཉན་གྱིན།
ཞིམ་མངར་ཀྱི་ཐུག་པ་སྣར་བཞིན་མེ་ཐབ་སྟེང་འཁོལ་བཞིན་འདུག
དགུང་གི་ཉི་མ་འདྲ་བའི་དམངས་ཕན་སྲིད་ཇུས།
ཡར་ངོའི་ཟླ་བ་ཇི་བཞིན་ཕ་ཡུལ་གྱི་རི་རྩེ་ནས་འཛུམ་བྱུང་།
ཕ་ཡུལ། ཆར་ཆུ་དུས་ཐོག་ཏུ་འབབ་པའི་སུམ་རྩེན་གྱི་གནས་དེ་འོ། །

འབྲོག་ཐང་གི་སྨྲེ་ངག

རྟ་ནོར་ལུག་གསུམ་དེད་སོང་།
ཤུལ་དུ་ལུས་པ་གཅན་གཟན་དང་རི་དྭགས།
ད་དུང་ནང་བཙུད་ཀྱི་སེམས་ཅན་གཞན་ལྷག་ཡོད་དམ།

རྗོག་ཁྲིས་ལྡིང་པོ་རྟ་ཕོས་འཁྱེར་སོང་།
འབྲི་གཡག་གི་མཇུག་མ་གཡུག་དོན་ཅི།
ཨ་ཕོ་འབྲོག་པ་ཚོ། འདོགས་ཁྱི་དང་འབྲི་གཡག
འདོགས་ཐག་གློད་ནས་རྒྱང་རིང་དུ་སྐྲོད་རོགས།
སྤང་ལྗོངས་བདེ་མོར་སྐྱོང་གིས་སྐྱར་བྲོ་འཁྲབ་རྒྱུར་སྒུག་ཡོད།

འབྲུག་མོའི་རྒྱང་ལྷ།

ཀ

འབྲུག་མོ། འབྲུག་མོ།

རྒྱང་རིང་ཕྱོགས་ནས་ཅི་ཞིག་རིག་བྱུང་།

གནམ་ས་འབྲེལ་མཚམས་ནས་ཀ་བ་ཞིག་རིག་ཨེ་བྱུང་།

ཀ་བར་གདུང་འདེགས་ཀྱི་ནུས་པ་ལྡན་འདུག་གམ།

ནམ་མཁའ་འདི་ཅི་ཞིག་གིས་བཏེགས་འདུག་གམ།

ཁ

འབྲུག་མོ། འབྲུག་མོ།

སློག་གོས་མཛེས་པོས་སྐེག་ཉམས་ལྡན།

སློག་གོས་གྱོན་པས་ལང་ཚོའི་འོད་མདངས་འཕྲོས།

འབྲི་མོའི་བྲུ་ཚོགས་ཁྲིད་དུ་ལྷགས་དྲི་སྣོམ་དུས།

སྤང་ཐང་གྲུ་བཞིར་འོ་དྲི་ཡལ་བ་སུ་ཡིས་ལན་ནམ།

ག

འབྲུག་མོ། འབྲུག་མོ།

ཕྱི་བལྟས་ཀྱི་རྒྱབ་གཟུགས་ཤིག་ཀྱང་མ་བཞག
རྡོད་ཁོལ་དང་བརྩེ་བ་འཁྱགས་སོང་།
བརྗོད་འདོད་པའི་སྐད་ཆ་བསྐུམས་སོང་།
འདྲི་ཚིག་མང་པོ་ཞིག་སྤུང་ཐང་སྟེང་དུ་ལུས་འདུག

ང

འབྲོག་མོ། འབྲོག་མོ།
རྩ་ལོ་སྐྱིད་པར་གཟེར་ནས།
སྤུང་ཐང་སྙིང་ལ་བསླལ་རོགས།

ཅ

འབྲོག་མོ། འབྲོག་མོ།
བརྫིད་ཆེ་བའི་དབང་ཕྱོགས་ཀྱི་རི་རྩེ་ནས།
ལྷ་ལས་མཚར་བའི་ཁྱེད་ཀྱིས་རྒྱང་དུ་ཅེར།
ཉི་འོད་ཀྱིས་ཚ་གདུང་ཆེ་རང་དྲགས་པས།
ཁྱེད་ཀྱི་ཐོད་པ་ནས་བརྩེ་བ་བཞུར།
ཅང་ཤེས་རྟ་ཕོའི་གོམ་འགྲོས་དང་འཐབ་སྟེ།
འབྲོག་མོའི་སེམས་ཀྱི་རྩ་ཐང་ཏད་ཀྱིས་བཀལ།

ཆ

འབྲོག་མོ། འབྲོག་མོ།

སློག་གོས་ཕུད་རྗེས།
ཡངས་པའི་རྩ་ཐང་སྐྱ་མོར་གྱུར།
མགུལ་རྒྱན་བཀྲོལ་རྗེས།
འབྲི་ཞོའི་སྦྲ་བ་སྐྱུར་མོར་གྱུར།
ནམ་ཞིག་སེམས་པ་གཡོ་བའི་སྐྲ་ཡོར་ལན་བུ་མེད་ན།
སྔག་ཤར་གཞོན་པའི་སེམས་པ་ཇི་ལྟར་སྲུན།

༦

འབྲོག་མོ། འབྲོག་མོ།
ཁྱེད་ནི་ནོར་ལུག་གི་སྐྱབས་མགོན་ཡིན།
བདག་ལ་སེམས་ནད་འཇོག་མཁན་གྱི་དད་རྟེན་ཞིག་ཀྱང་ཡིན།

ཡར་ཆབ་གཙང་པོའི་རྫི་ལམ།

སྲིད་པ་ཆགས་སྤྱིའི་འགྱུར་ཁུག་གི་ཁྲོད་དུ།
ཤར་ཤར་དུ་འབབ་བཞིན་པའི་ངའི་ཡར་ཆབ་གཙང་པོ།
སྤྲེལ་སྲིན་གཉིས་པོའི་ཐུག་འཕྲད་ཀྱི་ངོ་ཚང་དང་པོ།
གཉའ་ཁྲི་བཙན་པོ་ཐང་དུ་བབས་པའི་སྙོམ་ཚང་དང་པོ་ཡིན།
ཡུམ་བུ་བླ་སྒང་བཞེངས་དུས་ཀྱི་སྙོམ་གདུང་སེལ་བའི་ཛ་ཆུ།
ཁྱེད་ཀྱིས་ལེགས་སྐྱེས་ཆེན་པོ་ཡར་ཀླུང་གཞུང་དུ་ཕུལ་ཡོད།

ཡར་ཆབ་ཀྱི་རྒྱབ་ངོས་བརྟན་ཅིང་།
མདུན་ན་ཡར་ཀླུང་གསེར་གཞོང་གི་ཞིང་ཐང་གྲུ་བཞི་མཛེས།
ཁྱེད་ཀྱི་འབབ་རྒྱུན་གྱི་རླབས་སྒྲ་སྙན་མོ།
ཡར་ཀླུང་གཞུང་གི་དགོད་སྒྲ་མིན་པ་ཅི་ལ་སྲིད།

ད་ཆ། ཁྱེད་ཉིད་རྣས་གཉེར་ཤིག་ཤིག་ཏུ་འབབ་དུས།
རླབས་སྒྲ་ཆུང་ཡང་འཛད་མཐའ་མེད་པར་རྒྱུན་མཐུད།
ཁྱེད་ཀྱི་བཞུར་རྒྱུན་གྱི་ཐིགས་པ་རེ་རེར་ངའི་དད་འདུན་མང་པོ་སྤུངས་ཡོད།
ཤེས་རབ་དང་སྙིང་རྗེ་ལས་སྐྱེས་པའི་དད་འདུན་མང་པོ་སྤུངས་ཡོད།

ཡར་ཀླུང་གི་ཕོ་མོའི་སྤྱན་མིག་གཞན་དུ་གཟིགས་ཀྱང་།
ཉིན་མོའི་སེམས་ཀྱི་ཨ་ལོང་དང་མཚན་མོའི་རྨི་ལམ་གྱི་བདག་པོ།
ཡར་ཆབ་གཙང་པོ་དང་གསེར་ཟམ་བཞིན་དུ་སྦྲེལ་ཡོད།

ལྷ་སའི་ཞལ་རས།

དྲི་ཞིམ་གྱིས་ཁྱབ་པའི་ལྷ་ས།
ཕྱོགས་བཞིར་མི་ཚོགས་ཀྱིས་བཀུམས།
ཁྲིམ་གཞུང་རིང་མོ་འདུ་འཛོའི་གློང་དུ་འཕོལ།
ཪོ་མཚར་འབུམ་གྱིས་བསུས་པའི་གནའ་གྲོང་འདི།
གསང་བའི་གཏེར་དུ་སྦས་པའི་ནོར་གླིང་ཞིག་ཨེ་ཡིན།

དྲན་ཤེས་ཉབ་ཉོབ་ཡིན་པའི་མི་བུའི་བརྒྱངས་ཕྱག
དམིགས་པ་སུ་ཞིག་ལ་སྨོམ་ནས་འབུལ་གྱིན་ཡོད་དམ།
ཡང་ན། ངས་འཇིག་རྟེན་གྱི་མི་ཚོས་ཞེས་པར།
ཕོ་བ་ཟབ་མོ་མི་ལོན་པས་ལན་ནམ།
ལས་ལ་གང་བསྐོས་ཀྱི་སྣང་བ་འདི།
ལྷ་སའི་མཛེས་མཐུན་གྱི་འཆར་འགོད་ཅིག་ཨེ་ཡིན།
ངའི་ཉིན་རེའི་མཇུག་བསྡོམས་དང་ཡེ་ནས་མཐུན་གྱི་མི་འདུག

ཉེ་མ་ལྷ་ས། ཚོལ་གསུམ་གྱི་འདུ་འཛོམས་གླིང་རེད།
གཞོན་ནུའི་ལང་ཚོའི་གོམ་སྟྲ་ཐམས་ཅད་སྐོར་ལམ་དུ་ཟད།

དར་མའི་ལས་གཉེར་གྱི་སྙིང་སྟོབས་ཡོད་ཚད་ཛ་ཁང་དུ་འཛུགས།
ངའི་མ་སྨིན་པའི་བསམ་སྦྱོར་ཡོད་དོ་ཅོག་ཁྱར་ཁྱོར་དུ་ལུས་སོང་།

ལྷ་སར་འདུས་པའི་དད་ལྡན་གྱི་མི་ཚོགས་འདི་དག
རང་ཁྲིམ་གྱི་སྐུ་མགྲོན་འཁྲུལ་མེད་ཅིག་ཡིན་པ་མ་བརྗེད་ཅིག

དྲིན་ཆེ་བའི་ཡར་ཀླུང་།

ཡར་ཀླུང་།
ཁྱེད་ནི་སྤྲེལ་སྲིན་གྱི་ཐུང་ས་ཁྲག་ལས་མཆེད།
སྤུ་བ་ཡོད་ཚད་ཁྱེད་ཀྱི་མགུལ་དུ་བཅིངས།
གོང་པོ་རིའི་སྐལ་གཞུང་བྱམས་བརྩེས་བསླུས།
ཤེལ་བྲག་གི་རྩེ་མོར་ཤེས་དཔལ་གྱིས་བརྒྱན།

ཡར་ཀླུང་།
ཕྱུག་པོ་ཆོས་རིན་བྲལ་གྱི་མགུལ་རྒྱན་དུ་དགོངས།
དབུལ་པོ་ཆོས་ལག་ནང་གི་དངུལ་ཡོར་དུ་བརྩིས།
དར་མ་ཆོས་གང་དགོས་ནོར་བུའི་མཛོད་དུ་རློམ།
གཞོན་ནུ་ཆོས་ཤེས་རིག་གི་མཁའ་ལམ་དུ་མངོན།
བྱིས་པ་ཆོས་རྩེད་ར་གྲུ་བཞིའི་བྱིས་སྐྱུང་དུ་ངོམས།
རྒན་འཁོགས་ཆོས་ཕྱུག་ནང་གི་མ་ཎི་རུ་བསྒོམས།

ཡར་ཀླུང་།
ཁྱེད་ནི་ཤིང་སྔ་མཉམ་དུ་མེ་ཏོ་ཐུས་ན།

ཐོག་མར་དྲི་བཟང་སྤོས་ས་དེ་ཡིན།
ཁྱེད་ནི་མི་བུས་མཉམ་དུ་བརྩེ་བ་བསྐྱངས་ཆེ།
ཐོག་མར་དྲིན་ལན་གཞལ་མཁན་དེའང་ཡིན།

ཡར་གླུང་།
ཁྱེད་ནི་སྤུང་ཐང་ཡངས་མོར་ཐར་ཐོར་དུ་བཀྲམ་སྟེ།
རེ་རེ་བཞིན་དུ་རྩོད་ཀྱང་འགྲན་མི་ཚར།
དུམ་བུར་བགོས་ནས་བསྡུགས་ཀྱང་བསྐྱོད་མི་ཚར།

ཡར་གླུང་།
ཁྱེད་ཀྱི་བར་སྣང་དུ་འཕྱུར་བཞིན་པ་དེ་བསང་དྲི་ཡིན་ལ།
ཁོག་པའི་ནང་ངོས་སུ་ཏུམ་པ་དེ་ཤེས་དཔལ་རེད།
འཛུམ་ཞལ་ནས་སྨོམ་པ་དེའང་རྩམ་དྲི་ཡིན་པས།
ངས་ཤམ་ཆུའི་གཡས་ངོས་སུ་སེམས་ཀྱི་རྟ་ཁ་སྒྲོད་དེ།
མེས་པོའི་ཕ་སར་ཞིབ་མྱུལ་བྱེད་དུས།
སྨམ་བཀྲིང་ལྡན་པའི་བཙན་པོ་དེ་དག་རིག་བྱུང་།

ཡར་གླུང་།
ཁྱེད་ནི་ངའི་ལུས་པོས་བསྐོར་ཐུབ་ཀྱང་།
སེམས་ཀྱི་བསྐོར་ཚར་བ་མི་འདུག
ནམ་ཡང་བསྐོར་ཚར་བ་མི་འདུག

ཡར་གླུང་།
ངས་ཁྱེད་ཀྱི་མཛོས་པ་གཞན་ལ་སྨྲ་ཐུབ་ཀྱང་།
ཆེས་སྡུ་བའི་མཛངས་ཡོན་དེ་དག

བརྗོད་མི་ཆར་བའི་འཕྱོངས་རྒྱས།

ཧམ་ཆེ་བའི་མཁར་ཕྱིང་བ་སྤག་རྩེ།
གྲགས་ཆེ་བའི་འཕོང་རྐྱེན་རྣམ་ལྔའི་རྩལ་གྱིས།
དུམ་བུར་འཐོར་བའི་མཐོ་སྒང་གི་ཡུལ་གྲུ།
མཐུན་སྒྲིལ་གྱི་སྲིད་བུ་གཅིག་ཏུ་བསྒྲིལ།

འཕྱོངས་རྒྱས་སུ།
བྱམས་བརྩེའི་ཉི་འོད་འཚེར།
རིག་གཞུང་གི་མཚོ་མོ་འཁྱིལ།
ཕ་མེས་ཡང་མེས་ཀྱི་ངོ་རིས་མཛེས་པོ།
བསྐལ་བའི་རི་ཆེན་བཞིན་དུ་སྦུངས།

མཛེས་པའི་འཕྱོངས་རྒྱས།
བདག་གི་དྲན་སྣང་ངོས་ཀྱི་ཕ་ས་ཕ་ཡུལ།
ཁྱེད་ཀྱི་པང་ཁ་རྡོན་མོ་ནས་འཁྲུངས་པའི།
བཙན་པོ་སྟག་རི་གཉན་གཟིགས།
ཆོས་རྒྱལ་གནམ་རི་སྲོང་བཙན།

ད་དུང་མི་བུ་གང་མང་ཞིག་གི་ངོ་མཚར་གྱི་མཛད་པ།
གནས་འདིའི་རི་སྐྱུང་ཀུན་དུ་འཐིམས།

བརྗོད་མི་ཚར་བའི་འཕྲོངས་རྒྱུས་སུ།
སྲིད་པའི་མི་རབས་ཤིག་གི་ལོ་རྒྱུས་གཟིམས་ཡོད།
སྲིད་པའི་མི་རབས་ཤིག་གི་ཀེང་རུས་འཐིམས་ཡོད།
བདག་གི་མ་འོངས་པའི་འདུན་པའང་དེ་རུ་བཙོལ་ཡོད།

བརྗོད་མི་ཚར་བའི་འཕྲོངས་རྒྱུས་སུ།
སྔོན་བྱོན་ཚོའི་མཛད་འཕྲིན་གྱི་ཟེར་བརྒྱ་འཕྲོས།
གཡང་ཏེའི་བཀྲག་མདངས་ཀྱིས།
དགའ་སྤྲོའི་མེ་ཏོག་གི་འཛུམ་བག་བཞད།
འཕྲོངས་རྒྱུས་ཀྱི་དད་ལྡན་སྐྱེ་བོས།
མཐོ་སྒང་གི་སྙིང་ཁར་བདེ་སྡོད་བསྐྱལ་ཅིང་།
སྤོབས་པ་དང་གཟི་བརྗིད་ཕྲག་ལ་བཞེས་ཏེ།
ཡུལ་ཡར་མོ་སྐྱུང་གི་སྤྱི་གཙུག་ཏུ།
ང་རྒྱལ་གྱི་གད་རྒྱངས་ལྷང་ལྷང་དུ་སྒྲོག

༢༠༡༨ལོའི་«བོད་ཀྱི་རྩོམ་རིག་སྒྱུ་རྩལ»གྱི་དུས་དེབ་འཕར་མའི་ཐོག་ཏུ་འགོད།

ཆེས་མཐའ་མའི་སྙེ་ངག

ཚུ་མོ། ཚུ་མོ།
དྭངས་གཙང་གི་ཚུ་མོ།
ཚུ་མོའི་སློ་གཏད་གངས་ལ་བཙོལ།
ཡབ་ཆེན་གངས་རིའི་ཕྱི་གོས་གཙང་མར་བཤུས།
དཀར་འཇམ་ལུས་ལ་ཚ་ཤུར་ཤུར་གྱི་རྨ་ཁ་བཟོས།
སྐྱི་དངོས་སྙོམ་ཚད་ཆེ་བའི་འཁྲུན་སྒྲ་འདི།
འབྱུང་ཁམས་ཁོར་ཡུག་གི་ཆེས་མཐའ་མའི་སྙི་ངག་ཡིན།

སྦྲ་གུར། སྦྲ་གུར།
སྨུག་སྤྲིན་ལྟར་གཡོ་བའི་སྦྲ་གུར།
འཇའ་ཚོན་བཞིན་བརྒྱགས་རྫེས།
འདོགས་ཁྲིས་ལྷུགས་ཐག་མུར་གྱིན།
སྔོ་སྤྱུགས་ཀྱི་རྫིག་སྦྲ་གོ་རྒྱུ་མེད་པར་ཞེད།
བདག་མེད་རི་དྭགས་སྐྱུང་ལ་བབས་ནས།
གྲོང་ཁྱེར་སྐྱུལ་བའི་གོམ་སྦྲ་འདི།
ཉམ་ཐག་ཏུད་འགྲོའི་ཆེས་མཐའ་མའི་སྙི་ངག་ཡིན།

བྲིས་པ། བྲིས་པ།

བློ་རིག་བཀྲ་བའི་བྲིས་པ།

ཤེས་རྒྱའི་རིག་གློང་བརྗོལ་བའི་བྲིས་པས།

རིན་ཐང་བྲལ་བའི་ཤེས་རིག་གི་སྒྲོན་མེ།

སྐྱིད་ལུག་རླུང་བུས་ལྷིབས་དུས།

ཕ་མ་བཟང་པོའི་ཧ་སྐད་འདི་ཆེས་མཐའ་མའི་སྐྲེ་ངག་ཡིན།

འཕྱོངས་རྒྱས།

འཕྱོངས་རྒྱས་ལ་བཙན་པོ་རིམ་བྱོན་གྱི་ངོ་གདོང་ལུས་འདུག
ཐབ་རྫོ་བཞིན་ཚ་སོབ་སོབ་ཏུ་ལུས་འདུག
ད་དུང་ཟླ་བ་སྒྲོལ་མའི་རྒྱབ་གཟུགས་ཀྱང་ལུས་འདུག
ཉ་རྒྱས་ཟླ་བའི་བཞིན་རས་ཧྲི་བཞིན།
དཀར་གསལ་གྱི་རང་མདངས་ཤིག་མཛོན་བྱུང་།
འཕྱོངས་རྒྱས་ཀྱི་ཆང་ཁྱིམ་དྲོན་མོ་འདི་ཡང་།
སྙན་ངག་གི་བདུད་རྩི་བཞིན་འཕོལ་གྱིན་འདུག

རྩེད་ཐང་ནས་འཕྱོངས་རྒྱས་བར་རིག་པས་བསྐོར་འདུག
བཙན་པོའི་བང་སོ་མུ་ཏིག་སྤར་ཕྲེང་གིས་བསྐོར་འདུག
ལྷ་མོ་ར་འབབ་དཀར་པོས་རྗེན་འབྲེལ་བཟང་པོ་སྒྲིག་དུས།
ལྷ་པ་ཆེན་པོའི་བདེན་དཔང་རེ་རེར་ཞབས་ཀྱིས་བཅག་ཡོད།
འཕྱོངས་རྒྱས་ཀྱི་ལུ་མའི་ལུ་ཚུས་བཙན་པོའི་སྐོམ་པ་ཧྲི་ཙམ་སེལ་ཡོད།

ཉིས་སྟོང་བཅུ་དགུའི་ཁ་བ་མ་འབབ་པའི་སྤྱི་རོལ་ཞིག་ལ།
ང་རང་འཕྱོངས་རྒྱས་སུ་རྫོག་ཐོན་བྱ་རྒྱུ་ཡིན།

ཟླ་སྒྲོལ་དང་ལག་རྔང་སྤྲེལ་ནས་འཕྱོངས་རྒྱས་སུ་ཡོག་འདོད།
ཡས་སྒྲོན་བརྒྱབ་པའི་གཡང་ཏེའི་ཕོར་པ་ཆེན་པོའི་ནང་།
ཆང་སྐོལ་ཞིམ་པོ་མཉམ་དུ་འཐུང་གིན།
བཙན་པོའི་ཞལ་རས་ལ་ཁྱིལ་ཁྱིལ་ལན་མང་བྱ་འདོད།

ད་ཆ། འཕྱོངས་རྒྱས་ན་ཟླ་བ་སྒྲོལ་མ་ག་ཚོད་ཡོད་པ་སུ་ཡིས་མཁྱེན་ནམ།
ཐུ་རྫོད་ཅེས་པའི་ཐ་སྙད་རྩིག་པོ་འདི་འཕྱོངས་རྒྱས་ལ་བཞག་ཕོད་དམ།
ངས་ཁྲིས་པའི་སྙན་ངག་ཐུང་ངུ་འདི་འཕྱོངས་རྒྱས་སུ་བསྐུར་གྱི་ཡིན།

འཕྱོངས་རྒྱས། སྤུར་རྒྱལ་བཙན་པོའི་ཐབ་ཚང་རེད།
འཕྱོངས་རྒྱས། རིག་པའི་འབྱུང་གནས།
འཕྱོངས་རྒྱས། བཙན་པོ་རིམ་བྱོན་གྱི་ཕ་ས།

ཕ་ཡུལ་མོག་པ།

དྲན་པའི་ལ་རྩེ་ནས་ཅི་རེར་ལྟ་དུས།
ཕྱུག་གཡས་བརྒྱངས་འདྲའི་གསེར་རི་རྩམ་ཞིང་བཟེད།
སྨུག་སྤྲིན་བུ་མོའི་འཛུམ་མདངས་ཅི་ལས་མཛེས།
འགག་རོང་དོག་ཀྱང་སྐྱེས་འགྲོའི་སེམས་རྒྱ་ཡངས།
“དགའ་པོ་ལ”ཞེས་ཡུལ་སྐད་སྙིང་ལ་ཉེ་བ་འདྲིས།
མི་རབས་ག་ཚོད་ལ་སྐྱེ་ལེན་ཞུས་ཡོད།

བདག་གི་ཕ་ཡུལ་གྲང་ཉུག་ཆེ། ཡིན་ནའང་།
རི་མགོའི་ཁ་བ་དག་སྔར་བཞིན་བཞུར་གྱིན་འདུག
མོག་པ། དག་པོ་མཁའ་སྤྱོད་ཀྱི་གསང་གནས།
རྗེ་རས་ཆུང་གི་སྐན་བརྒྱུད་རེ་རེར་ཞབས་ཀྱིས་བཅག་ཡོད།
མོག་པ། མཁའ་དབྱིངས་སྨུག་སྤྲིན་གྱི་གཞལ་ཡས་ཁང་།

ཡར་ཀླུང་དུ་ལོག་པ།

གཉེར་མ་ཀྱོན་པའི་ཇོ་གདོང་འདི་ཡར་མོ་ཀླུང་གི་ཞལ་རས་ཡིན།
རོང་ས་ཆེན་མོ་འདི་མེས་པོ་སྤྲུ་ཡོང་གི་ཐབ་ཚང་རེད།
གོམ་གང་མདུན་དུ་སྤོས་ན་གོང་པོ་རིའི་སྤྲེའུ་དང་ཐུག
གོམ་གང་ཕྱི་རུ་ནུར་ན་ཨུ་རྒྱན་ཤེལ་གྱི་བྲག་ལ་ཐུག
འདི་ནི་བོད་མིའི་འབྱུང་གནས།
འདི་ནི་རྗེས་རབས་མི་ཡི་སེམས་རྟེན་རེད།

ད་ཆ། རྩེད་ཐང་གཞུང་ལ་མི་མང་པོ་ཞིག་སྤྲེའུར་གྱུར་ཟིན།
མཇུག་མ་བསྐུམས་ནས་ཇོ་གདོང་ལ་ལྷན་པ་མཐུག་པོ་སླན།
སྦར་རས་ཞིང་ཐང་སྟེང་ལ་མི་དང་སྤྲེའུས་ཉོ་འཚོང་སྒྲུབ་ཀྱིན་འདུག
སྤྲེའུ་གླེན་པ་འདི་ཚོ་ལད་མོའི་མིག་ཆུ་ཧྲིལ་གྱིས་བརྫོལ་སོང་།
དེ་ནས་བཟུང་། མི་ཡུལ་གྱི་སྐད་ཆའི་ཚ་དྲོད་ལྷབ་གཅིག་ཆག་སོང་།
དེ་ནས་བཟུང་། སྤྲེའུ་མཐོང་ཡང་མཇུག་མ་མཐོང་གི་མི་འདུག
དེ་ནས་བཟུང་། སྦར་རས་ཞིང་ཁར་ཤམ་ཆུ་འདྲེན་མཁན་མ་བྱུང་།

ངའི་ཇོ་གདོང་ཡུམ་བུ་བཀླ་མཁར་ལ་འགྱུར་དུས།

ངའི་སེམས་པ་ཡར་སླུང་རྔེན་གསུམ་གནས་གསུམ་ལ་ཕྱོགས་དུས།
སྤྲེའུ་ཕྲུག་གསར་པ་འདི་ཚོར་ཤིང་ཏོག་གང་ནས་འཐུ་དགོས་སམ།

ངས་རྩེད་ཐང་ནས་ཡར་སླུང་དུ་ལོག་དུས།
སྙིང་ཁམས་ནས་སྟོང་ཁམས་སུ་ལོག་པ་དྲན།
ངས་ཡར་སླུང་ནས་རྩེད་ཐང་དུ་ལོག་དུས།
མི་ཡང་སྤྲེའུར་འགྱུར་བའི་སྡུག་བསྔལ་གྱི་བདེན་པ་ཞིག་དྲན་བྱུང་།

སེམས་ཀྱི་སྙ་མོ་ཕྱི་རོགས།

སློབ་མཇུག་གི་བྲེལ་འཚུབ་འཁྱག་པོ་དེ་བཞུར་གྱིན་འདུག
བསླབ་གཞིའི་རྒྱབ་ཤོག་གྲང་རླུང་གིས་ཡང་ཡང་བརྗེ།
སེམས་ཁྲུང་གི་སྙ་ལྷུགས་ཡངས་པོར་ཕྱི་རོགས།
རྒྱུགས་ཤོག་དཀར་པོས་ང་ལ་གསང་བརྗ་བཏང་བྱུང་།
བཏབ་ཀྱང་མ་སྨིན་པའི་སློབ་གྲྭའི་ཞིང་ཐང་སྟོང་པར་ལུས་སོང་།
ངོ་མི་ཤེས་པའི་དྲི་གཞིས་ང་ལ་དཔྱང་ཁ་རོག་རོག་བྱས།
དབྱངས་གསལ་གྱི་བུ་མོས་ང་ལ་གུ་ཡངས་ཤིག་གནང་རོགས།
འགྲོད་པའི་སྒྲོང་ནས་ཚད་ལེན་རྒྱུགས་ཤོག་སྟོང་པར་ལུས།
དེ་རྗེས། ང་རང་བདེ་སྐྱིད་དང་རང་ཁྲིམ་དུ་ལོག་ཡོད།
སྙིད་ཏིག་ཏིག་གིས་ལུས་པོས།
ཡང་སེང་སེང་གིས་སེམས་པ་ཁྲེར་ནས་ཁྲིམ་དུ་ལོག་ཡོད།
ཕ་ས་ཕ་ཡུལ་གྱི་འགྱུར་ལྡོག་བལྟ་བར་ལོག་ཡོད།

ཕ་ཡུལ་གྱི་ཡོད་ཚད་བདེ་ཐང་དང་སྙིང་འཇགས་རེད།
ཕ་སའི་འགྱུར་ལྡོག་ཁྲོད་ནས་ངའི་སེམས་པ་ཚ་པོ་དེ་འཁྱགས་བྱུང་།
ཐོག་བརྩེགས་ཀྱི་བཞེངས་པའི་གྲོང་གསེབ་གསར་པ།

ངའི་ཉིན་རེའི་འཚོ་བའི་འགྲོས་དང་ཡེ་ནས་མཐུན་གྱི་མི་འདུག
སྙོ་ཕྱུགས་ཀྱི་འཐུས་མིའི་གྲངས་ཚད་ཇེ་ཉུང་དུ་སོང་འདུག
བྱ་བྱིའུ་ཡི་མགྲོན་བསུའི་གསུང་སྙན་གོ་རྒྱུ་མི་འདུག
ཤ་ཆ་བའི་རི་དྭགས་ཡོད་ཚད་གླུང་དུ་བབས་ནས།
གྲོང་ཚོའི་དབུལ་སྐྱོར་རྣམ་གྲངས་ལ་རེ་ཞུ་བྱེད་ཀྱིན་འདུག

མར་རྩམ་གྱི་དྲི་ཞིམ་འཐུལ་བའི་ཨ་མའི་ཐང་ཁྲུག
ངའི་སེམས་སྣོ་ཕྱེ་མཁན་གྱི་ལྡེ་མིག་ཡིན།
མི་ཐབ་སྟེང་ནས་འཕོལ་བཞིན་པའི་རྩམ་ཐུག་དང་འོ་ཇ་སྲུབ་མ།
ངའི་ཡིག་རྒྱུགས་རེ་རེའི་བྲོ་བ་དང་མཐུན་ཐབས་བྱུང་མ་སོང་།
ངས་སློབ་ཁང་ནང་གཉིད་དུ་ཡུར་བའི་མགོ་བོ་རྣོན་པ་དེ་དྲན་དུས།
ཕ་ཡུལ་གྱི་དགུན་ཁའི་ངོ་གདོང་གྲང་མོ་ཡིན་པ་ཚོར་གྱི་མི་འདུག

ཡིན་ནའང་། ངའི་ནང་སེམས་མ་སྨིན་པའི་བར་དུ།
ཕ་མ་ཕྱུན་མཆེད་ཚོས། ང་ལ་ངོ་རྒྱུགས་མ་ལེན་རོགས།

མོན་ཕྲུག་གིས་ཕི་ཐང་བསྐོར་བ།

མོན་ཡུལ་རྫོར་གཙོད། མོན་ཡུལ་ཚངས་དབྱངས།
འཁྲུངས་ས་འཁྲུངས་ཡུལ་གཅིག་པ་མ་ཡིན་ནམ།
ལོ་ཟླའི་བར་བཀྲལ་གྱི་ལྟེབ་ངོས་སུ་འཛུལ་རྗེས།
རྫོར་གཙོད་དཔེ་དང་ཚངས་དབྱངས་དཔེ་ཅན་ཡིན།
ད་ཆ་མི་རྣམས་མོན་ཡུལ་དུ་རྫོར་གཙོད་འཚོལ་གྱིན་འདུག

རིག་འཛིན་ཚངས་དབྱངས་རྒྱ་མཚོ།
ཉི་འོད་གྲོང་དུ་བཞུགས་དུས།
སྙིང་གཏམ་ཤོད་འཕྲོ་ལུས་འདུག
ཡིན་ནའང་། ངས་ལྷ་སའི་ཧུ་བཞི་བསྐོར་ཡང་།
ཁྱེད་ཀྱི་བོར་བའི་ཞབས་རྗེས་རྙེད་མ་བྱུང་།

རིག་འཛིན་ཚངས་དབྱངས་རྒྱ་མཚོ།
ཁྱེད་ནི་གངས་ལྗོངས་ས་མཐོའི་སྙན་ངག་གི་མེ་ལོང་ཡིན།
སྟོད་མངའ་རིས་ནས་རྒྱ་ནག་རི་བོ་རྩེ་ལྔ་བར་གྱེར་ཡོད།
རེད་ཡཱ། ད་ཆ་ཡིད་དབང་རབ་ཏུ་འཕྲོག་པའི་མགུར་གླུ་འདི།

གདངས་སྙན་པོའི་དབྱངས་སུ་རེ་རེ་བཞིན་གྱེར་དུས།
ངས་དད་གུས་ཀྱི་སོར་མོ་སྙིང་ཁར་སྦྱར་ནས།
སེམས་ཅན་ཡོངས་ལ་བཀྲ་ཤིས་བདེ་ལེགས་ཞུ།

ཚངས་དབྱངས། མགུར་གླུས་བརྒྱན་པའི་ཚངས་དབྱངས།
ཚོག་ཁྱིམ་དྲུག་མའི་རིག་འཛིན་སྙིང་གཏམ་ནང་།
ཡ་གིའི་མི་ཆེན་ནས་མ་གིའི་མི་སེར་བར།
ནང་བཀྲ་མ་ཤིས་ན་ཕྱི་དོན་མི་འགྲུབ་པའི།
སྔོན་བྱོན་ཕ་མེས་ཀྱི་གསང་བའི་གསང་བ་བསྐུངས།

རིག་འཛིན་ཚངས་དབྱངས་རྒྱ་མཚོ།
མ་འོངས་མཁྱེན་པའི་བདག་ཉིད།
འབའ་ལི་ཐང་བསྐོར་ནས་ལོག་དུས།
ང་རང་ཅི་ནས་཈ྱང་ཁྱེད་རོགས།
མ་སྐྱེས་ཨ་མ་ཐུག་པར་ཁྱེད་རོགས།
མ་སྐྱེས་ཨ་མ། ངའི་མ་སྐྱེས་ཨ་མའི་ཞལ་རས།
ཡིད་ལ་དྲན་པའི་འདུན་པ་འགོག་ཐབས་མི་འདུག

ཕ་ཡུལ་མོག་པའི་ཚེས་བཅུ།

ལུས་པོ་གྲོང་ཁྱེར་དུ་ལུས་པ་ང་ཡིས་ནོར་འཁྲུལ་ཨེ་ཡིན།
སེམས་པ་ནི་སྔར་བཞིན་ཕ་ཡུལ་ལ་ཁེན་ཡོད།
སེམས་པ་གང་དུ་འགྲོ་བ་ལུས་ཀྱིས་མ་ཚོར།
ཡིན་ནའང་། ཕ་ཡུལ་དུ་ལོག་པའི་ངའི་སེམས་པ།
ལུས་པོས་མ་དྲན་པ་ཨེ་ཡིན།
ལུས་པོས་མ་ཁོམ་པ་ཨེ་རེད།
ངོ་མ། བཞག་ན་མ་གཏོགས་ཟིན་རྒྱུ་མེད་པ།
འཇིག་རྟེན་གྱི་ལས་འདི་སུ་ཡིས་བསྐྲུན་བ་རེད་དམ།

ཉ་ཆུ་ལྷ་བུའི་ཕ་ཡུལ།
མཛེས་པའི་གནས་ཆེན་མོག་པ།
ང་ཁྱེད་ཀྱི་པང་དུ་སྐྱེས་པ།
ཚེ་འདིར་བསོད་ནམས་ཆེ་བས་ཡིན།
ངས་ཁྱེད་ཀྱི་མིང་ཁོ་ན་ལས་མཛད་རྗེས་གཞན་ལ་བརྗོད་མི་ཐུབ།
འོན་ཀྱང་། ངས་དེ་རིང་ཁྱེད་ལ་བསྟོད་པ་འབུལ།
ཁྱེད་ཀྱི་ཚེས་བཅུའི་དུས་ཆེན་ལ་མེ་ཏོག་འབུལ།

རྗེ་རས་ཆུང་དང་བཅས་པར་མཇལ་དར་བསྒྲོན།
ཡུལ་མི་ཡོངས་ལ་ཁམས་བདེའི་འཚམས་འདྲི་ཞུ།
ཡོད་ཚད་གོང་ནས་གོང་དུ་འཕེལ་བའི་སྨོན་ལམ་འདེབས།

ཁྱེད་ཀྱི་རི་ཁྲུང་གང་སར་སྐྱེས་བུ་དམ་པའི་ཞབས་རྗེས་འཕོད་འདུག
ཁྱེད་ཀྱི་སྐུ་སྟོད་གངས་རིས་བརྒྱན་པ་ཤིན་ཏུ་མཛེས།
བར་དུ་ཤིང་སྔ་ཆུ་སྔ་འཛོམས་པ་ནོར་གྱིས་གཏམས།
ཁྱེད་ཀྱི་སྐུ་སྨད་ཁང་བཟང་གྲུ་བཞི་ཀླུ་ཡི་ཕོ་བྲང་འདྲ།

དེ་རིང་ལྔ་པའི་ཚེས་བཅུ་ཡིན།
ཕུ་ན་བྱ་བྱིའུ་ཡིས་གསུང་སྐད་སྙན།
བར་ན་རི་དྭགས་ཀྱིས་བྲོ་གར་འཁྲབ།
མདོ་ན་མི་བུ་ཡིས་བསྟོད་གླུ་ལེན།
གཞན་ཡུལ་འགྲིམ་བཞིན་པའི་མི་བུ་དག་གིས།
ཕ་ཡུལ་སྐྱིད་པའི་སྨོན་ལམ་ཡང་ཡང་བཏབ།

དེ་རིང་ནི་ཁྱེད་ཀྱི་ལོ་གཅིག་གི་དུས་ཆེན་ཡིན།
ཡུལ་མི་ཚོས་ལོ་མའི་ལོ་ཆང་མཆོད་རོགས།
གསུམ་སྒྲོན་ཞབས་ཏག་གནང་དང་།
ཆར་པ་ཉིན་གང་འབབ་ཀྱང་།
སེམས་པ་བརྟན་གྱི་མ་རེད།

ཆོས་སྤྲིན་རི་ནས་སླུང་དུ་འཕོར་བ།
ཕ་ཡུལ་མངའ་ཐང་རྒྱས་པའི་རྟགས་རེད།
སོག་པ། ཡུལ་ལ་སྙིང་པོའི་འབྲས་གཞུང་།
སོག་པ། མི་ལ་དགའ་པོའི་གསེར་གཞོང་།

དྲན་པ་ལེབ་མོ་རང་ཡུལ་དུ་ལུས་སོང་།
ཆ་རྒྱུས་མེད་པའི་གྲོང་ཁྱེར་འདིའི་འུར་སྒྲའི་ཁྲོད།
'ག་ལ་འགྲོ་པྣས་'ཞེས་པའི་ཡུལ་སྐད་ཅིག་དབང་མེད་དུ་ཤོར་སོང་།
ཕ་ཡུལ་ཕྱོགས་ནས་ཡོང་དུས་ཞེས་པའི་གླུ་སྒྲས།
ངའི་ངོ་གདོང་མིག་ཆུས་བཀྲུས་སོང་།
ཕ་ཡུལ་ལྷ། བརྩེ་བའི་ཕ་ཡུལ་སོག་པ།
ངའི་དགའ་བའི་ཕ་ས་འཛམ་པོ།

འགྲུལ་བཞུད་ཁྲོད་ཀྱི་བློས་བསླངས།

ཀླུང་དང་མཁའ་དབྱུགས་ཡོད་ཚད་གཤགས་ནས།
ཆར་སིམ་གྱི་ཁྲོད་དུ་དྭགས་པོའི་ཡུལ་དུ་བསྐྱོད།
ཡུལ་ཀླུང་མཛེས་པོས་ཕ་བུ་བསུ་བའི་རྣམ་པ་བསྟན།

དབྱར་ཙྭ་དགུན་འབུ་གདན་དུ་བཏིང་པའི་རྒྱ་ཚྭ།
ཞིང་སྣ་དང་བྱ་བྱིའུ་གཉིས་པོས་བྲོ་གར་འཁྲབ་སའི་གནས་མཆོག
མི་དང་སྤྲེའུ་གཉིས་པོ་ལག་རྫང་སྤྲེལ་སའི་ཞིང་ཁམས།
སྤྲེལ་ལད་ཚ་པོའི་སྤྲེལ་ཕྲུག་དེ་དག་མཐོང་དུས།
དེང་གི་མི་ཚོའི་ངོ་གདོང་སྒྱུར་མོ་ཞིག་ལྷག་ཏུ་དྲན་བྱུང་།
ཁྲེལ་དང་ངོ་ཚ་མེད་པའི་ངོ་གདོང་དེ་དག་ལྷག་ཏུ་དྲན་བྱུང་།

དགའ་དུས་ཙྭ་རུ་སྐྱེས་ཞིང་སྡུག་དུས་འབུ་རུ་སྤྲུལ་བའི།
སྨན་ཙྭ་འདི་ནི་འཛིག་རྟེན་ཁྲིམ་པའི་ངོ་གདོང་འགྱུལ་མེད་རེད།
དཀར་ནག་གི་ངོས་གཉིས་ལས་བསྟན་རྒྱུ་མི་འདུག་པས།
སང་ཉིན་སྤང་ཐང་སྟེང་ནས་རྐོ་རྒྱུ་དེའང་དབྱར་ཙྭ་ཡིན་པར་ངེས།

གསེར་ལམ་ལམ་གྱི་ཁོར་ཡུག་གསར་པ་འདིས།
ངའི་ཁོག་ཏུ་སྦས་པའི་སྡུག་བསྔལ་གྱི་ཡོལ་བ་དེ་བཏོར་སོང་།
ད་ཐེངས་དྭགས་པོ་ལྷ་རྗེ་དངོས་སུ་ཞལ་མཇལ་མ་བྱུང་ནའང་།
སྐྱེ་བོ་དམ་པ་མཇལ་ཡོད་སྙམ་པའི་སྤྲོ་སྣང་ཞིག་ངམ་ཤུགས་ཀྱིས་བསྐྱེར་བྱུང་།

སྨན་སྨྲ་འཛོམས་པའི་ཡུལ་ལྗུང་དྭགས་པོ་བསྐོར་རྗེས།
འགྲུལ་བཞུད་ཀྱི་ལམ་བུར་བསྐྱུར་ཡོག་བྱ་དགོས་པ་དྲན་དུས།
ཁོ་བོས་དགེ་ལས་བསྒྲུབ་རྒྱུ་ད་དུང་ཆད་ཡོད་པ་ལྷང་ངེར་དྲན་བྱུང་།

ཞོག་ཁོག་དང་འཁོར་བ།

ཟླ་བོའི་ནམ་དུས་ཡོལ་དུས། ཞོག་ཁོག་སོ་མ་རྨིས་བྱུང་།
སྐད་མེད་པའི་ཞོག་ཁོག་མཐོང་དུས། ཨ་ཁུ་ཞིང་པ་ལྷང་ངེར་དྲན་བྱུང་།
ཞོག་ཁོག་རྫོག་རེ་རེའི་མདུན་ནས་དཔྱལ་ཡོར་དང་རྒྱབ་ནས་རྡུལ་ཚུ་ཟགས།
ཟ་དུས་ཚྭ་ཡི་བུ་རམ་ཡིན་ལ་མིད་རྗེས་གྲོད་པའི་རྫོག་ཁྲིས་རེད།
ཡང་ནས་བསྐྱར་དུ་བསམ་དུས་སྡུག་བསྔལ་རིན་གྱིས་ཉོས་པ་འདྲ།

ངའི་སེམས་པ་རྫོག་རིལ་འདི།
ཞོག་ཁོག་ཕོར་པ་གང་གིས་རྩ་ཁ་ཆེན་པོ་བཟོས།
ད་ནི། འཇིག་རྟེན་འཁོར་བ་ཞེས་པའི་གོ་དོན་རྟོགས་བྱུང་།
འཁོར་བའི་དབྱིབས་དང་ཁ་དོག་དེ་བཞིན་བྲོ་བ།
ཞོག་དོང་རིང་མོའི་ནང་གི་ཞོག་ཁོག་དང་གཅིག་མཚུངས་རེད།
དེ་ལྟར་ན། འཁོར་བ་འཁྲུག་ཏུ་མ་འཇུག་རོགས།

དགེ་ཆའི་འཁྲབ་སྟོན།

དགེ་ཆས་ཉི་འོད་བཞིན་དུ་འཚེར་དུས།
ཁྱིམ་ཚང་ནང་ཁམས་བདེའི་རྩ་སྐྱིད་སྤྲིན།
ཚིག་སྦྱོར་སྙན་པོས་ལོ་ཏོག་བཞིན་ལྡང་ལོ་རྒྱས་དུས།
ཡ་རབས་ཀྱི་ཁྱིམ་གཞིས་ནང་སྐྱེ་ཧླབས་ཀྱི་རྫོག་སྦྲ་བསྒྲིགས།

སེམས་པའི་གཏིང་རིམ་ན་བདེ་བ་ཐོབ་མཁན།
དོན་དམ་གྱི་ལུས་པོར་སྟོབས་ཤུགས་བསྐྱལ་མཁན།
དགེ་ཆའི་ཀློང་གི་མཛེས་མ་སླ་བ་མེད་པ་དེ་རེད།
དགེ་ཆ་མེད་ན། ནམ་མཁའ་རྒྱས་མ་ཞིག་རེད།
དགེ་ཆ་མེད་ན། འཇིག་རྟེན་མུན་པའི་གླིང་རེད།

དགེ་ཀློག་ལ་མི་དགའ་བ་ནི། བརྩེ་དུང་བཙོན་འཇུག་བཏང་བ་འདྲ།
དགེ་ཀློག་དང་ཁ་བྲལ་ན། མདུན་སྐྱོད་མཚམས་བཞག་པ་རེད།
དགེ་ཀློག་གི་དབྱངས་ཧ་ནི། རྩ་སྐྱིད་ཉི་མའི་གཅེས་སྐད་རེད།
དགེ་ཀློག་གི་བརྡབ་སྒྲ་ནི། དྲིན་ཆེན་ཕ་མའི་ཕྱག་གཡོབ་རེད།

ནམ་ཡང་གསོན་ཐུབ་པའི་སྐད་ཆ།
དཔེ་ཆར་འཕོད་པ་དེ་དག་ཡིན།
དཔེ་ཆས་རྩུར་ལ་འཁྲབ་སྟོན་བྱས།
ཕར་ལ་ལྟད་མོའི་འདུ་ཤེས་ཁོ་ནས་འཁྲིག་གམ།

ལུས་པོའི་བདེ་ཐང་འགུལ་སྐྱོད་ཀྱིས་སྐྱིན།
སེམས་པའི་བདེ་སྣང་དཔེ་ཀློག་གིས་སྐྱིན།

༄། རྒྱབ་རིར་ལུས་པའི་བསམ་གཞིགས།

ཨོ་སྔོན་འདྲ་བའི་འཚོ་བ།

རྒྱབ་རི་འདྲ་བའི་སེམས་པ།

མེ་ཏོག་གི་འདབ་མ་ཇི་བཞིན་ལྷུག་པར་གྲོལ་རྗེས།

སྐྱུམ་ཚོལ་ཚོལ་དང་འོད་འཚེར་འཚེར་གྱི་ཕ་ཡུལ།

མདང་གི་རྨི་ལམ་བཞིན་དུ་སླར་ཡང་དྲན་བྱུང་།

སྐད་ཆའི་ལྷན་པ།

ཀ

གོང་ཚད་འཕར་ཆག་ཆེ་བའི་སྐད་ཆ།
སེམས་ཀྱི་འཆར་སྒོ་མེད་པའི་སྐད་ཆ།
ཤོད་ཀྱིན་ཤོད་ཀྱིན་འཁྱུགས་སོང་།
ཉན་གྱིན་ཉན་གྱིན་བརྙགས་སོང་།

ཁ

རིན་ཆེན་གཡུ་མཚོའི་ནང་ནས་འཕྱུར་བའི་སྐད་ཆ།
རིག་པའི་འོད་ཟེར་འབུམ་ཕྲག་འཕྲོ་བའི་སྐད་ཆ།
སྔོན་ཐོན་དམ་པས་གཏེར་དུ་སྦས་པའི་སྐད་ཆ།
འཚོལ་གྱིན་འཚོལ་གྱིན་བདེ་སྐྱང་གི་སྤྲང་རྩི་བཞུར།
རྙེད་ཀྱིན་རྙེད་ཀྱིན་ལམ་འགྲོ་བའི་ཁ་ཕྱོགས་གསལ།

ག

ཀུང་ན་མི་འགྲིག་པའི་སྐད་ཆ།
སྙིང་གི་གས་ཁར་བཏབ་པའི་ལྷན་པ་དཀར་པོ་དེའོ། །

དམངས་ཀྱི་ཆེད་དུ།

གྲང་ངར་གྱིས་ནམ་ཟླའི་གོམ་བགྲོད་སྒོ་རྩར་བཙར་དུས།
སྙིང་ལོ་སྐམ་པོར་ཁ་རྡུང་ཡང་ཡང་གཏོང་དགོས་བྱུང་།
རང་ཁྱིམ་དང་བྲལ་ཏེ་ཁྱིམ་གཞིས་ཆེན་མོའི་སྒོ་མོ་ཕྱེ་དུས།
མི་དམངས་ཚོས། ང་ལ་གུ་ཡངས་གནང་རོགས།
ངས་བསམ་ཤེས་ཞེས་པའི་ཐ་སྙད་ཀྱི་དོ་གདོང་ཡང་ཡང་འབྲུད་དགོས།

"མི་དམངས་ཀྱི་ཆེད་དུ་"ཞེས་པའི་སྐད་ཆ་ནླབས་ཆེན་པོ་འདི།
གར་སྟེགས་ཁྲ་ཁྲའི་ཐོག་དགོད་མི་ཐུབ་པའི་སྨྱུར་ཡིག་ཏུ་འཐིམས།
ཁྱིམ་བྱ་མང་པོ་ཡོད་ཀྱང་བོང་བུས་ནམ་ཚོད་བྱེད།
སེང་གེ་འདི་དག་ཀྱང་ཁྱི་རྣན་གྱི་ཀུ་ཅོའི་རྗེས་སུ་རྒྱུགས།
མི་དམངས་ཚོས། ང་ལ་གུ་ཡངས་གནང་རོགས།
ངས་འཁྲབ་སྟོན་དེའི་འགོ་མཇུག་མཐུད་ཐུབ་པ་མི་འདུག

མགོ་བོ་ལྷོག་ལྷོག་དང་ལག་པ་གཡུག་གཡུག་མ་གནང་རོགས།
ངའི་མདུན་ངོས་ཀྱི་གར་སྟེགས་ལ་མཐོ་དམའ་མི་འདུག
ཡང་ལྷིའི་རྒྱ་མ་འདེགས་མི་ཐུབ་པའི་མི་བུ་གྲོད་རིལ་འདི་ཚོ།

མཛུབ་མོ་གཅིག་གིས་ནམ་མཁར་ཨི་ཁྲུང་འབིགས་ཀྱིན་འདུག
དུས་དེ་ནས་བཟུང་།
ངས་འཇིག་རྟེན་འཁོར་བའི་འདམ་རྫབ་ནང་།
དབུལ་པོའི་ལག་པ་འཛམ་ཤོས་ཡིན་པ་ཚོར་བྱུང་།
སེམས་བཟང་ཅན་ཚོས་ཕུ་ཐུང་ནང་ནས།
མི་དམངས་ཀྱི་ཆེད་དུ་ལག་པ་ཇི་ཙམ་བརྐྱངས་པ་སུ་ཡིས་མཐོང་།

མི་དམངས་ཚོས། ང་ལ་གྲུ་ཡངས་གནང་རོགས།
སྙན་པོའི་བསྟོད་སྒྲུ་ཕུལ་ཀྱང་སོ་དཀར་ཆ་ཚང་འདོན་མི་ཐུབ།
ངའི་ལུས་པོ་གར་སྐྱིགས་སུ་སླེབས་ཀྱང་སེམས་པ་འགྱུར་མི་ཐུབ།
མི་དམངས་ཚོས། ང་ལ་ཅི་ནས་ཀྱང་གྲུ་ཡངས་གནང་རོགས།
ཡོད་ཚད་མི་དམངས་ཀྱི་ཆེད་དུ།

སེམས་ཀྱི་རྒྱང་བསྒྲོད།

སེམས་པས་མྱུལ་བའི་གནས་དེར་ལུས་པོ་འགྲོར་མི་ཐུབ།
ལུས་སེམས་བྲལ་བའི་སྡུག་བསྔལ་བཟོད་པར་ནུས་མཁན་ཨེ་ཡོད།
སེམས་ཀྱིས་བསྐོར་བའི་འཛམ་གླིང་འདི་ཤོག་རྒྱ་ཆུང་བ་ལ་ཨང་།
སེམས་པས་བར་སྣང་གི་རྟ་ཕོར་བཞོན་ནས།
ལུས་པོས་རྗེས་བསྙེག་མི་ཐུབ་པའི་འཆར་གཞི་སླེང་།
གྲུ་བཞི་ཤོ་འདྲ་བའི་སེམས་ཁོང་གི་དམིགས་པ།
ལུས་པོས་ཀུ་ཅོ་མེད་པར་བསྒྲུབ་པའི་ངལ་བ་དང་དུ་ལེན།
ཡིད་སྨོན་གྱི་སེམས་པ་དགའ་དུས་ལུས་པོས་རྔུལ་ཆུ་བཞུར།

ལུས་པོ་རྫབ་རྡུལ་དུ་སོང་ཡང་སེམས་པ་གསར་པ་བརྗེས།
སེམས་པ་ནི། ལུས་པོ་བྲན་དུ་བཀོལ་མཁན་གྱི་བདག་པོ་རེད།
སེམས་པ་ནི། ལུས་པོ་ཁ་ལོ་བསྒྱུར་མཁན་གྱི་ཇུས་དཔོན་རེད།
ལུས་པོ་བཞག་སའི་ཇྲོད་ཁང་ནང་སེམས་པ་མཉམ་དུ་ཉར་རོགས།
སེམས་པ་གང་འགྲོའི་གནས་དེར་ལུས་པོ་མཉམ་དུ་ཁྲིད་རོགས།

སེམས་པའི་རྒྱ་ཁ་ལུས་པོས་མི་ཚོར།

སེམས་པའི་རྒྱང་བསྐྱོད་ལུས་པོས་མི་ཐེན།
མཐུ་དང་ནུས་པས་བཀག་མི་ཐུབ་པའི་སེམས་པ།
མཚར་སྣང་ཨམ་ཕྲག་གང་འཁྱེར་ནས་ལོག་ཡོང་གི་ཡོད།
ལུས་རིན་པོ་ཆེ། དྲི་མ་མེད་པའི་འཛུམ་ལན་ཞིག་བསྟན་རོགས།

སྙིང་གཏམ་ཐང་ཁྲུག་གང་།

འདུ་བྲལ་ནི་བདེན་པ་ཐང་ཁྲུག་གང་གི་ཆོས་ཉིད་ཡིན།
ཡང་སྙིང་གང་གིས་ཀྱང་ཚབ་བྱེད་མི་ཐུབ་པ་དེ་གོ་སྐབས་ཡིན།
སྐབས་རེ་གནམ་ག་ནི་འབབ་བརྩོན་ལས་ལྷག་པ་ཞིག་ཏུ་སྣང་།
ཤེས་རབ་ཀྱི་འོད་སྣང་འཁྲུངས་སའི་མ་ཡུམ་སློབ་གྲྭ།
ཁོ་བོ་ཕྱི་རོལ་གྱི་ཁོར་ཡུག་ནང་སྐྱོད་པར་ཐུགས་རྗེ་ཆེ་ཞུ།

མ་ཡུམ་སློབ་གྲྭ། ངས་སྐད་ཡིག་གི་བདུད་རྩི་རུབ་གང་བཏུངས་ཏེ།
སླར་ཡང་ཁྱེད་ཀྱི་ཞལ་རས་ལ་བྱེལ་བྱེལ་ལན་འགའ་བྱེད་འདོད།
ཁྱེད་ནམ་མཁའ་བཞིན་གཡའ་དག་པར་བཞུགས་རོགས།
ངས་ལོ་མང་རིང་ཁྱེད་ཀྱིས་རྒྱབ་ངོས་ཡོད་ཚད་གཙང་འཕྱིད་བྱས་ཡོད།
ཁྱེད་ཀྱི་དེ་རིང་གི་མཚར་སྡུག   ངའི་མ་འོངས་པའི་གསོན་ཤུགས་ཡིན།

རྣམ་དཔྱོད་ཡངས་པའི་མ་ཡུམ་སློབ་གྲྭ།
ད་ཆ་ཁྱེད་ཉིད་ལྔ་ཁའི་ཐོ་རེངས་ཀྱི་སྐར་མ་འོད་ཆེན་དེ་ཡིན།
དེ་རིང་ངས་ཁྱེད་དང་གྱེས་བྲལ་ཞུས་ཡོད།
ཉ་ཆུ་ལྷ་བུའི་བརྩེ་དུང་གི་ལ་རྒྱ་བསྲིངས་ཡོད།

ཁོ་བོས་དགེ་མིང་གི་ཐོག་ནས། ཁྱེད་ལ་གུས་ཕྱག་ལན་གཅིག་འབུལ།

མ་ཡུམ་སློབ་གྲྭ། བུ་ཕྲུག་ལ་ཤེས་ཡོན་གྱི་འོ་མ་སྟེར་མཁན།
ང་ཁྱེད་དང་གུས་རྗེས། ང་རང་གང་ཡང་མ་རེད།
ཡིན་ནའང་། ལས་འགྲོ་སྦྱར་མོ་གང་ཨམ་ཕྲག་ནང་དུ་སྦྲས་རྗེས།
སྐད་མདངས་དམའ་པོས་ཕ་སྐད་ལ་བསམ་གཞིགས་འཁོར་གྱིན།
མེས་པོ་དྲིན་ཅན་གྱི་ཕྱུ་ཧྲིར་གྲངས་ཀ་ཞིག་བརྩེགས་པར་འགྲོ།
ཁྱེད་ལ་ངོ་གདོང་ལྷོད་མེད་བསྟན་ནས། རྗེས་སུ་མཇལ་ཡོང་ཞུ།

ངོ་ཤེས་པའི་དགེ་སློབ་མང་པོ།
གར་སོང་མེད་པར་བཞུད་ཟིན་པ་མཐོང་དུས།
དགའ་སྐྱོའི་འཛིག་རྟེན་འདི་རྒྱ་ཆེ་བར་མཐོང་།
འདི་ལྟ་བུའི་སེམས་ཚོགས་མང་པོ།
དེའུ་འབུར་བཞིན་བརྩེགས་དགོས་དུས།
དོན་དུ་གུས་ཁའི་སྙིང་གཏམ་ཅི་ཞིག་སྨྲ་དགོས་སམ།

སྣམ་གོས་སྲུ་བསྒྲིལ་བའི་མེས་པོ།

རྐས་ཟིན་པའི་པགས་ཚག་ཡིན་ཡང་ཆོག་ལ།
འཚར་བཞིན་པའི་རས་གོས་ཡིན་ཡང་རུང་།
གཟབ་སྤྲོས་མེད་པའི་ད་ལོ།
རྐང་ཤུབས་ཀྱིས་དོར་མའི་ཚབ་བྱེད་དུས།
མེས་པོས་ཤིང་ལོ་གྲོན་པ་ནས་སྣམ་གོས་གྲོན་པའི་བར།
གྲོན་པའི་ཁ་དོག་གྱུར་ཀྱང་ངོ་བོ་ཅི་ལ་འགྱུར།

ཁ་དོག་སྣ་ལྔའི་རས་གོས་ཡིན་ཡང་ཆོག་ལ།
ཁྱོད་འཁྱུགས་ང་འཁྱུགས་ཀྱི་ལྷུགས་རྫུན་ཡིན་ཡང་རུང་།
གཟབ་སྤྲོས་མེད་པའི་ད་ལོ།
མེས་པོ་ཆོས་རྒྱུན་མཆོད་ཀྱི་སྣམ་གོས།
ངའི་གཟབ་མཚར་ནང་གི་རྫིག་ཤོས།
དྲིན་ཆེན་གྱི་མེས་པོ་ལགས།
གསེར་ལ་བཙའ་ཆགས་ཀྱང་གསེར་ཡིན་པས།
སྣམ་གོས་མཛེས་པོས་ཁྱེད་ལ་རྗེས་དྲན་ཞུ།
ཚོས་བཟང་ཡོད་ཚད་ཁྱེད་ཀྱི་དྲན་གསོའི་ཉེན་མོ་ཡིན།

ཐ་སྙད་འདས་མ་ཐག་པ།

དགུན་གྱི་སྐྱ་ཐལ་ལ་འགྲམ་ལྷུག་གཅིག་གཞུས་རྗེས།
དཔྱིད་ཀྱི་ཐོད་རླུང་གི་མགྲིན་པར་འཁྱུད་དེ།
ཡོད་ཚད་ལོ་གསར་གྱི་སྟ་གོན་ལ་བྲེལ།
ལམ་འགྲོ་བ་མང་པོ་ཞིག་གིས་ཤིང་གི་ལུག་མགོ་ལ་ལྡིར་གྱིན།
འབྲུ་སྣའི་ལོ་ཕུད་ཀྱི་རྩེ་མོ་ལ་བྱིལ་བྱིལ་བྱེད་ཀྱིན།
'ལོ་གསར'ཀྱི་མགོ་ཆས་ཞེས་པའི་ཐ་སྙད་གསར་པ་ཞིག་དྲངས།
རྒྱུན་མཐོང་གི་མི་ལ་དྲིག་པས་བཏུམས།
གྲོ་ཕྱུག་དང་ཆང་བསྐོལ་གྱི་བྲོ་བ་ཉམས།
ཨུ་ཚུགས་ཀྱིས་ལུག་མགོ་གཟེངས་ཏེ།
དོགས་སློང་གིས་ཁ་ཟས་བསྲེགས།
གནམ་ལོ་གསར་པ་བསུ་ཐེངས་རེར།
བདེན་པའི་ཐ་སྙད་འགག་པོར་ཏུས།
རིག་གཞུང་སྨྲ་མཁན་ཚོས།
དག་ཡིག་འཁྲུལ་སྤྱོངས་ཡོད་པའི་དཀར་ཆག་ཅིག་གནང་རོགས།
མགུར་སླུ་དང་ཐག་ཉེ་བའི་ཡིག་འབྲུ་ཚོར།
སྐད་གསར་བཅད་གསུམ་གྱི་མགྲིན་ཚབ་ཡིན་པའི་གསུང་ཞིག་ཕྱིན་རོགས།

ལོ་གསར།

ངའི་བྱིས་དུས་ཀྱི་ཉིན་མཚན་ལ་དབྱེ་བ་ཡོད།
བྱིས་དུས་ཀྱི་ལོ་གསར་ནི་ལོ་གཅིག་དུས་གཅིག་རེད།
བྱིས་དུས་ཀྱི་ལོ་གསར་ནི་མཉམ་འཛོམས་དགོད་བྲོ་རེད།
བྱིས་དུས་ཀྱི་ལོ་གསར་ནི་བྱིས་པ་ལ་དབང་བའི་རྩེད་ར་རེད།
བྱིས་དུས་ལོ་གསར་གྱི་རྟེན་འབྲེལ་དེ་ཁ་གཡང་གསལ།
བྱིས་བློས་འཁྲུལ་བའི་ལོ་རབས་བརྒྱད་ཅུའི་ནང་།
མཉམ་འཛོམས་དགའ་གཏོང་ངང་ནས།
རྒོད་དང་ཁ་མཆུ་མེད་པའི་ངང་ནས།
གཏན་དུ་འཛོམས་པའི་སྨོན་ཚིག་ཡང་ཡང་བསྒྲོན།

ད་ཆ། ཉིན་ལྟར་ལོ་གསར་ཡིན།
འཚོ་བའི་སྒྱུ་མདོག་འགྱུར།
ལོ་གསར་ནི་བྲེལ་གསར་དུ་གྱུར།
དགའ་སྐྲོ་ཡོད་ཚད་སྲུན་མ་བཞིན་དུ་འཐོར།
རྣན་འཕོགས་ཡོད་ཚད་ཐབ་ཚས་བཞིན་བསྒྲིགས།
ན་གཞོན་ཐམས་ཅད་རྒྱུན་འཇུགས་རྩེད་མོའི་གྲོགས་སུ་རྩེན།

མིག་མདའ་ཡོད་ཚད་སྣད་འཕྲིན་དང་འབྲུག་དབྱིངས་ནང་དུ་འཕངས།
སྤྲོལ་རྒྱུན་བཟང་པོའི་ལོ་གསར་དེ་མ་ཡལ་བའི་སྔོན་དུ།
བཀྲ་ཤིས་བདེ་ལེགས་ཞེས་པའི་འདྲི་རྟགས་དམར་པོ་ཞིག་བཀོད་འདོད།

ལོ་གསར་གྱི་རྟེན་འབྲེལ་ཐེག་པའི་གཞོན་སྐྱེས་ཚོ།
དགའ་འཇོམས་ནི་སེམས་པའི་གཏིང་རིམ་དུ་མ་སྨྲུམ་རོགས།
སྣང་བ་སྐྱིད་པའི་ལོ་གསར།
དེང་གི་དུས་སུ་སླེབ་སོང་།

སྔོ་ཕྱུགས།

ཀ

ནམ་མཁའ་ཡིས་གློག་འོད་སྤྲར་ཡང་།
འབྲུག་སྐད་ཀྱིས་སྟུག་ཡུས་བཤད་ཀྱང་།
དྲག་ཆར་གྱིས་ས་གཞི་གཤགས་ཀྱང་།
ང་ནི་འདོགས་ཐག་གིས་དམ་པོར་བཏགས་ཡོད།
མགོ་བོ་སྒྲུར་ནས་སྡོད་པ་ངའི་ལས་དབང་ཡིན།
དུས་དེ་ནས་བཟུང་། ང་ནི་སྔོ་ཕྱུགས་ཤིག་ཡིན།
ཛོ་བོ་འགྱུར་བའི་སྔོ་ཕྱུགས་ཤིག་ཡིན།

ཁ

རིག་རྒྱུ་མེད་པའི་འདོགས་ཐག་འདི་ཤིན་ཏུ་བཙན།
རང་ཉིད་ཁོ་ན་ལས་མི་བསམ་པས་ལན་ནམ།
ཡང་ན། ནམ་ཡང་ལྡོད་རྒྱུ་མེད་པ་ཞིག་ཨེ་ཡིན།
དེ་སྔ་ལས་ཁོག་རྒྱ་ཆུང་དུ་སོང་འདུག
ངའི་རང་གཤིས་རྒྱུབ་པས་ལན་པ་ཡིན་ནམ།
སྦྱིན་བདག་གིས་སྤུ་མདོག་འགྱུར་བས་ལན་ནམ།

དུས་དེ་ནས་བཟུང་། ང་ནི་སྒོ་ཕྱུགས་ཡིན།
ངོ་བོ་འགྱུར་བའི་སྒོ་ཕྱུགས་ཤིག་ཡིན།

ག

ང་དང་མཉམ་ཟ་མཉམ་འཐུང་བྱེད་མྱོང་བའི་བེའུ།
དབྱར་སྐྱིད་ཀྱི་སྟ་གོན་དུ་ཐོན།
ཁྱིམ་མཚེས་ཀྱི་བོང་རྒན་གྲོང་ཁྱེར་དུ་གནས་སྤོས་བྱས།
ཁྱིམ་བྱ་དེ་ཕོ་ཡང་གཟའ་མཇུག་གཏོང་བར་སོང་འདུག
ད་ཆ། རི་གྲོང་དུ་ལུས་པ་དྲན་པ་ལེབ་ལེབ་ཁོ་ན་རེད།
དུས་དེ་ནས་བཟུང་། ང་ནི་སྒོ་ཕྱུགས་ཡིན།
ངོ་བོ་འགྱུར་བའི་སྒོ་ཕྱུགས་ཤིག་ཡིན།

ང

འཁོར་བ་ནི་ཁབ་ཀྱི་རྩེ་མོ་ཡིན་གསུངས།
འདོགས་ཐག་ནི་བདག་ལ་དབང་བའི་ངར་ལྷུགས་ཤིག་ཡིན།
ཚ་མོ་ཤང་ཤང་དུ་རྒྱུགས་པ་རི་བོས་མ་མཐོང་བས།
དུས་དེ་ནས་བཟུང་། ང་ནི་སྒོ་ཕྱུགས་ཡིན།
ངོ་བོ་འགྱུར་བའི་སྒོ་ཕྱུགས་ཤིག་ཡིན།

ཆད་པོ་དང་དྲན་པོ།

གསོན་ཡང་རྣམ་དཔྱོད་བརླགས་པ་རྟོར་ཆད་པོ་ཞིག་བཀར་ཡོད།
རི་རབ་ལས་ལྗི་བའི་ཆད་པོ་ཞིག་བཀར་ཡོད།

ཤི་ཡང་རྣམ་དཔྱོད་བཤད་པ་རྟོར་དྲན་པོ་ཞིག་བྲིས་ཡོད།
ཙནྡ་ཀྱི་ལོ་མའི་སྟེང་དུ་གསེར་ཡིག་གི་དྲན་པོ་ཞིག་བྲིས་ཡོད།

རྣམ་དཔྱོད་བརླགས་པ་ཚོ་བཤུས་རར་འཁྲིད་དེ།
དགེ་བའི་བུ་ལོན་གྱི་དམར་མཆོད་ཅིག་དབུལ་དགོས།
དེ་རྗེས་ཆད་པོ་བསྐྱིགས་ཆོག

རྣམ་དཔྱོད་ལྡན་པ་ནི་གསེར་གྱི་བུམ་པ་ཡིན་པས།
ཚེ་རིང་རྣམ་དུག་དང་མཉམ་དུ་དེངས་ཤིག
དེ་རྗེས་དྲན་པོ་ཀློར་ཆོག

སློབ་གྲོགས།

མི་ཡུལ་གྱི་ལྷ་ཁང་ཚུང་ཚུང་འདི་ནས།
ཤེས་ཡོན་གྱི་སྤྲོས་དྲི་འཐུ་བར་སླེབས་ཡོད།
བརྩེ་སེམས་ཀྱིས་སློབ་ཁང་ཁེངས་རྗེས། ཐོན་རན།
མཉམ་བཟའ་མཉམ་འཐུང་གི་གྲོགས་པོ་གྱུར་རྗེས། གྱེས་རན།
སློབ་གྲོགས་ནས་ལས་རོགས་བཟང་པོའི་གསེར་ཟམ་སྤྲེལ།
ལས་རོགས་ནས་སྐྱོ་རོགས་སུ་གྱུར་བའི་མི་བུ་འདི་ཚོ།
ལོ་ཟླའི་གཉེར་རིས་ཀྱིས་བཅོར་རྗེས།
ཉམས་མྱོང་གིས་ཕྱུག་པའི་འབེལ་གཏམ་ཡང་ཡང་གླེང་།

སེམས་དགའ་བའི་མཚན་མོ། རོལ་དབྱངས་ཀྱི་མཚན་མོ།
ཨར་ཁང་གྲུ་བཞི་འདི་པང་དུ་བླངས་རྗེས།
ཁྲ་ཆིལ་ཆིལ་ཡོད་དོ་ཅོག་ཁྱུར་མིད་བཏང་།
ཨར་ཁང་ནང་གི་དགོད་སྒྲ་ཞབས་བཏགས་བརྒྱབ་རྗེས།
མཉམ་འཛོམས་དགའ་སྤྲོའི་སྤྲི་རག་གིས་བཟི་སོང་།
ལག་རྫང་སྤྲེལ། འཐམ་འཁྱུད་བྱས།

སྔོང་ལྷང་ལྷང་གི་སེམས་པ།
བཟི་འཐོམ་འཐོམ་གྱི་མགོ་བོ།
དམར་ཆིལ་ཆིལ་གྱི་སྒྲོག་འོད།
སྨུག་མེར་མེར་གྱི་ངོ་གདོང་།
འཁྲབ་མི་ཚར་བའི་རྒྱུན་མཐུད་ཀྱི་ལྷད་མོ།
གོ་མེད་ཚོར་མེད་ངང་ལྷན་དུ་བཞུད་སོང་།

སང་ཞོགས། བཟི་དྭངས་པའི་སང་ཉིན་གྱི་ཞོགས་པ།
བརྗེད་པར་དཀའ་བའི་སློབ་གྲོགས་ཚོ།
ཁྱེད་ཀྱིས་སྐྱུར་དྲི་འཚུབ་པའི་མདང་དགོང་གི་སེམས་གཏམ།
བསྐྱར་དུ་དྲན་ཡོད་དམ།

ཁ་ཕོག་མཐུན་པའི་སློབ་གྲོགས་བུ་ཚོ།
ཁྱེད་ཀྱིས་འཐེན་པའི་ཐ་མག་གི་དུ་དྲི་ངར་པོ།
ད་དུང་ཡང་ངའི་ཕྱི་གོས་ཀྱི་གོང་བུའི་འོག་ནས་རྫོམ་གྱིན་འདུག
དེ་ཡང་ཁྱེད་ཀྱིས་ང་ལ་བསྐུར་བའི་ལ་རྒྱ་ཞིག་ཏུ་བརྩི་ཆོག

བརྩེ་དུང་ཟབ་པའི་སློབ་གྲོགས་བུ་མོ་ཚོ།
ཁྱེད་ཀྱིས་བཏང་བའི་གླུ་གཞས་སྙན་པོ།
ད་དུང་ཡང་ངའི་སེམས་པའི་བང་རིམ་ནས་འཁྱོལ་གྱིན་འདུག
དེ་ཡང་ཁྱེད་ཀྱིས་ང་ལ་བཙོལ་བའི་ནོར་བུ་ཀུན་འབྱུང་ཞིག་ཏུ་བརྩི་ཆོག

དྲན་དྲན་པའི་སློབ་གྲོགས་ཚོ།
མདུན་ངོས་ནས་ཡོང་བཞིན་པའི་ལོ་ཟླ་གསར་པ་འདི།
སྙིང་རུས་ཀྱི་དར་གོས་གཙང་མ་ཞིག་གིས་བཏུམ་རོགས།

ངའི་ཤ་གསེང་རུས་གསེང་དུ་སྦྱར་བའི་སློབ་གྲོགས་ཚོ།
མདང་དགོང་ང་ཚོས་སྒྲི་རག་དེ་འདྲ་བཏུངས་མེད་ན།
མདང་དགོང་ང་ཚོས་སྐད་ཆ་དེ་དག་ལབ་མེད་ན།

ངང་སྐྱག

ཆར་པ་སིམ་སིམ་ཞིག་འབབ་ཆོ།
རང་མདངས་ཐོར་བའི་ཁོར་ཡུག་འདི།
སྐྱམ་ཆོལ་ཆོལ་གྱི་འཛུམ་མདངས་ཤིག་འཕྱུར་རེས།
ཟང་ཟིང་གི་འཚོ་བ། ལྷིང་འཇགས་སུ་ཕབ་རེས།
ངས་འདི་ལྟར་ཆར་པ་ཞིག
འབབ་རྒྱུར་ངང་སྒུག་བྱེད་ཀྱིན་ཡོད།

ཨ་སྔོན་བུ་མོར་རྫོག་ཁྲིས་ལྷི་དྲགས་པས་ལན་ནམ།
ངོ་གདོང་རྣས་པའི་སྤྲིན་གྱི་བུ་ཚུང་ལ་ཁ་ཡ་གནང་གི་མི་འདུག
ཆར་སྤྲིན་རླུང་གིས་མ་གཏོར་བའི་སྔོན་ཚུད་ནས།
ཉི་མའི་བཞིན་རས་ལ་བྱི་དོར་ལན་མང་བྱས།
སྐྱི་དངོས་ཀྱི་ལང་ཚོ། ཚ་གདུང་གིས་བཙོམ་ཟིན།
ངས་འདི་ལྟར་སྤྲང་ཆར་ཟིལ་མ་ཞིག
འབབ་རྒྱུར་ངང་སྒུག་བྱེད་ཀྱིན་ཡོད།

ལྷིང་ཉེ་བའི་དུས་ཆོགས་འདིར་འཚོལ་དགོས་པའི་གྲོགས་པོ།

ཁྱུ་སིམ་མེར་ཡལ་འགྲོ་བའི་ལྗོང་མདོག་གི་རྫ་ཆུང་འདི་རེད།
འབྲུག་སྒྲ་ཆུང་ཡང་། ཆར་པ་ཞིག་འབབ་ན།
ངས་འདི་ལྟར་འཇའ་ཚོན་གྱི་ལྷ་མོ་ཞིག
ཕེབས་རྒྱུར་དང་སྒུག་བྱེད་ཀྱིན་ཡོད།

སྒྲོ་རྩེ་བའི་མི་བྱ།

དེང་གི་ལས་གཏོད་པའི་མི་བུ་དྲིན་ཅན་རྣམས་ལ་ཆེད་དུ་ཕུལ།

ཁྱེད་ཉིད་མཐོ་སྒང་དུ་ལན་གཅིག་ཕེབས་པ།
ས་མཐོར་སྨིན་པའི་ཁ་བའི་འདབ་མ་ཡིན།
ང་ཚོའི་སྙིང་སྟོབས་འཕེལ་བའི་མར་ཁུ་ཡིན།
གཞོན་སྐྱེས་ལས་གཏོད་བྱེད་སའི་མིག་དཔེ་ཡིན།

ཁྱེད་ཀྱིས། སློབ་གསོའི་མུ་མེད་ཞིང་ཐང་བདེ་བར་རྨོས།
ཁྱེད་ཀྱིས། ཁེ་ལས་ཆེན་མོའི་རྩིག་རྨང་བརྟན་པོར་བཙུགས།
ཁྱེད་ཀྱིས། སྡུག་བསྔལ་འགོག་པའི་དམག་ཇུས་གསར་པ་བཏོན།
ཁྱེད་ཀྱིས། བདེ་སྐྱིད་འཚོལ་མཁན་གྱི་དཔུང་པའི་གཡས་ནས་སྐྱོར།

ཁྱེད་ནི། འཚོ་བའི་ནང་ངོས་སུ་དགོད་བྲ་འཕོལ་བའི་མེ་དཔུང་ཡིན།
ཁྱེད་ནི། སྙིང་རུས་མེད་པའི་སྐྱེ་བོ་ཀླད་ཆུང་ཚོའི་དེད་དཔོན་ཡིན།

ང་ཚོའི་འཚོ་ཐབས་ཀྱི་དཀའ་ངལ་སེལ་མི་ཐུབ་པ་སུ་ཡིས་ལན་ནམ།
ང་ཚོའི་སེམས་ནང་གི་སྡུག་བསྔལ་སེལ་མི་ཐུབ་པ་སུ་ཡིས་ནོར་རམ།
ང་ཚོར་གསེར་འོད་འཕྲོ་བའི་ཉི་མ་ཡོད་ཀྱང་།

ཚ་རྫོད་འཕེལ་མི་ཐུབ་པ་སྲུ་ཡིས་ལན་ནམ།
ཡོད་ཚད་མི་བུ་ཁྱོད་ཀྱིས་འགན་འཁྲི་ཨེ་ཡིན།
ཡོད་ཚད་ཁྱོད་ཀྱིས་ཅི་དོར་བྱ་ཐུབ་བམ།

དེང་གི་ཆར་ཞུགས་རེ་ཡོད་པ་ཁྱོད་ཀྱིས།
དཀྱུང་མཐོན་པོར་འཕུར་ཏེ་དགོད་ཀྱིན་དགོད་ཀྱིན།
བདུད་རྩིའི་ཐིགས་པ་འཛད་མེད་བཞུར་བར་སྨོན།

ཟླ་འོད་དང་རྨི་ལམ།

ཉིན་རེའི་བག་ཆགས་ཟབ་མོས་བཀྲུས་པའི་སེམས་པ།
མཚན་མོར་ལྷིང་འཇགས་ཀྱི་ཟླ་འོད་འོག་ཏུ་བསྐྱལ།

ཡུན་ཐུང་གི་རྨི་ལམ་སྐྱིད་པོ་འདི་འཛོགས་རྗེས།
དངོས་ཡོད་ཀྱི་ནམ་ཟླའི་ངོ་གདོང་འདི་འདྲའི་རྩུབ་ཨང་།

ཟླ་བའི་འཕེལ་གྲིབ་བཞིན་དུ་འགྱུར་བའི་རྨི་ལམ།
སྐྱིད་དང་སྡུག་གི་གཡུལ་སའི་ཁྲིད་དུ་ཁེན།
ཁ་དོག་ཡོད་ཀྱང་རྨ་ཁ་མེད་པའི་རྨི་ལམ།
བདེན་རྫུན་གྱི་འོ་ཆུའི་འདྲེས་པ་བཞིན་དཀར་པོར་གྱུར།
དེ་ལྟར་རྨིས་ཟིན་པ་དེ་དག་མ་འོངས་པའི་ལུང་བསྟན་ཡིན་ན།
ཟླ་བའི་རྒྱབ་ཏུ་རྨི་ལམ་སྨུག་མཁན་ག་ཚོད་ཡོད་སྲིད།

ཆེས་ལྷིང་འཇགས་ཀྱི་མཚན་མོར།
ཟླ་འོད་ནི་མཚན་མོའི་རྣམ་ཤེས་ཡིན་ན།
མུན་པ་ནི་མཚན་མོའི་རྨ་ཁ་ཞིག་ཅི་ལ་ཡིན་སྲིད།

ཐྲི་འོད་འོག་གི་རྩི་ལམ་ལ་སེར་སྣ་ཡི་ནས་མི་འདུག
བརྩེ་བ་འདི་ཐྲི་བཀྲག་གིས་རྒྱང་རིང་དུ་འཕེན་ནས།
ངའི་ཕ་ཡུལ་ཕྱོགས་ལ་ལན་གཅིག་སྨོམས་རོགས།

རྒྱང་བཞུད་ཀྱི་རི་གྲོང་།

གངས་རིའི་སྙིང་ཁམས་དང་རྩྭ་ཐང་གི་ཤ་ཁྲག་ཏུ་གྲུབ་པའི་རི་གྲོང་།
ངས་མཐོང་བའི་མི་ཡུལ་གྱི་མཛེས་ལྗོངས་དང་པོ།
ནོར་ལུག་གི་འབའ་སྒྲ་དང་བྱ་བྱིའུ་ཡི་སྐད་སྒྲ།
ངས་གོ་བའི་མི་ཡུལ་གྱི་སྙན་དབྱངས་ཐོག་མ།

བསང་དྲི་སྣོམ་པའི་རི་གྲོང་དུ་ངའི་བརྩེ་བ་ཙམ་གང་འཁྱིལ།
ལྷེ་བའི་ཐལ་ཐུལ་གྱི་ཁྲོད་དུ་ངའི་བྱིས་དུས་ཀྱི་རྩེད་མཚར་ལུས།
སླེ་མའི་མགོ་ལྟོག་འོག་ཏུ་ངའི་ལང་ཚོའི་གཏམ་རྒྱུད་བོར།
འདོགས་ཁྲིའི་ཟུག་སྐད་ཡོད་ཚད་སྐར་འོད་ཁྲོད་དུ་སིམ་སོང་།

དབེན་འཛམ་དང་སོས་དལ་དྲན་དུས།
ངའི་རྒྱང་བཞུད་ཀྱི་རི་གྲོང་ཇེ་གསལ་ཇེ་གསལ་དུ་འགྲོ།
མདུན་ཕྱོགས་ཀྱི་མེ་རི་ལྷ་བུའི་ངམ་གྲོག་མཐོང་རིམ་བཞིན།
ངའི་སེམས་ཙལ་འདི་སྤང་སྟེང་གི་ལུ་གུ་ལྟར་སྡོད་མི་ཚུགས།
རི་གྲོང་གི་ཐྱེ་གླུ་སྙན་པོར་འགྱུར་པའི་མར་རྩམ།
མེས་པོ་ཚོར་བསྒྲོན་པའི་གཟུངས་གཞུག་ཐིགས་པ་གཅིག་ཡིན།

ངའི་རྣ་བ་རི་གྲོང་གི་ཡུར་བུར་ཁེན་ཡོད།
ངའི་སྣ་རྩེ་རི་གྲོང་གི་མེ་ཏོག་ལ་ཟུག་ཡོད།
ངོགས་པས་བཟེ་བའི་གྲོང་ཁྱེར་འདི་ནས།
ངས་རི་གྲོང་གི་དྭངས་གཙང་དྲན་གྱིན།
དཔོག་དཀའ་བའི་མ་འོངས་པར་བསམ་གཞིགས་བྱེད་ཀྱིན་ཡོད།

དྲན་ངོགས་སུ་རྫོག་བཞིན་པའི་རྒྱབ་གཟུགས།

ཡ་རབས་ནི་ཤ་གདན་ཐོག་ཏུ་བཙབས།
ཤེས་དཔལ་ནི་ཅུས་སིལ་དང་མཉམ་དུ་སྐྱུར།
གུས་བཀུར་ནི་ཤ་ལྷུག་དང་མཉམ་དུ་བཀལ།
དེ་ནས་བཟུང་།
མཛའ་གཅུགས་བཟང་པོ་རྗེ་ཡི་སྣ་རེར་གྱུར།
དྲན་ངོགས་སུ་རྫོག་བཞིན་པའི་རྒྱབ་གཟུགས་འདིར།
ཡིད་རྟོན་ཅུང་བའི་དཔང་པོ་ཞིག་སུ་ཡིས་རྙེད།

ཁྲིམས་བརྩེ་ནི་གྲོ་ནས་དང་མཉམ་དུ་བརྡོས།
ལས་འབྲས་ནི་ཆང་ཁེབས་འོག་ཏུ་བསྐལ།
སྙིང་རྗེ་ནི་ཆང་ཟོམ་ནང་དུ་བཙུག
དེ་ནས་བཟུང་།
འདུ་ཤེས་བཟང་པོ་ཆང་གི་སྦྲང་མར་གྱུར།
དྲན་ངོགས་སུ་རྫོག་བཞིན་པའི་རྒྱབ་གཟུགས་མོག་པོར།
རྗེས་དྲན་གྱི་ཆང་གཞས་ཞིག་སུ་ཡིས་རྩོམ་ནུས།

ས་རྗོ་ཉེ་ཛེ་ཁུང་ཛེ་ཁུང་དུ་སོང་རྗེས།
གངས་རིའི་སྐྲོ་རྣལ་དུ་ཕབ་མི་ཐུབ་པར།
འཕུར་མཆོང་གི་ཁྲོད་ནས་མི་བུའི་བརྩེ་བ་བརྣགས།
དེ་ནས་བཟུང་།
སྤྲིན་ནག་གི་འོག་ཏུ་ཞི་བདེའི་ཕུག་རོན་སྒྲུང་གིན།
སྨྲ་སྒོར་ཞག་ཚེ་ཡོད་པ་དེ་དག་སྨྲེ་ངག་ཤོར།
ཕ་ཞེན་གྱི་ལྷག་བསམ་དཀུང་དུ་འཕྱུར་གྱིན།
དམ་ཚིག་གཙང་མའི་རང་མདངས་ཁྲོད་དུ།

མི་ཚེར་ཁོང་དགོད་ཅིག་ཤོར།

གཡུ་ལོས་བཏུམས་པའི་ཚེ་སྲོག་གི་སྟོང་པོ།
ཕྱི་རོལ་གྱི་སྣང་བར་འཆར་བའི་འོད་ཟེར་ཕྲ་མོ།
ངའི་ཞག་ཕྲ་བའི་འབྲས་བུར་རོ་བཙུད་མི་འདུག

ང་ཡི་གོམ་པས་གཞལ་དཀའ་བའི་རྐང་རྗེས།
ཕྱིར་བལྟ་མ་ཐུབ་སྔོན་ནས་ཆག་གྲུམ་ཤོར།
གདོང་ལ་སླེབས་པའི་དུས་ཚོད་ཀྱི་གཉེར་མ།
ཇི་ལྟར་བཀྲུས་ཀྱང་ཁོང་དགོད་ཅིག་ཤོར།

དཀར་ཆག་མེད་པའི་གཡར་སྣོད་ཀྱི་ལུས་པོ།
ཡིད་རྟོན་ཅུང་བའི་སེམས་པའི་ཕྲན་གཡོག
ཉེད་པར་དཀའ་བའི་བདག་གི་རྣམ་དཔྱོད།
དྲན་སྣང་སྐུར་མོས་ཚ་འདེད་ཡང་ཡང་བཏང་།

བསྐྱུར་སྟོན་མེད་པའི་མི་ཚེའི་ཟློས་གར།
གནམ་སྟོན་པོའི་ཕྲང་གཞུང་དུ་སླེབས་དུས།

ངའི་འཁྱིང་སེམས་ཀྱི་སྤྲིན་དཀར་མེ་ཏོག
གཙང་པོའི་ཀློང་ནས་ཁོང་དགོད་ཅིག་ཤོར།

ཁོང་དགོད་ཤོར་བའི་ང་ཡི་མི་ཚེ།
འཇིག་རྟེན་ཁྲ་ཁྲའི་ཀློང་དུ་སྡུས་ཡོད།

མེས་རྒྱལ་གྱི་མེ་ཏོག

མེས་རྒྱལ་གྱི་མེ་ཏོག་མཚར་སྡུགས་པས།
དེ་རིང་གི་གནམ་ས་ལན་གཅིག་སྐྱེངས་པར་བྱས།
དུས་ཆེན་གྱི་རྣམ་པ་འཁྲུག་སྡུགས་པས།
ས་འོག་གི་འབུ་སྲིན་ཡོད་ཚད་འཛུམ་དགོད་ཤོར།

མེ་ཏོག་སྐྲོན་མེད་དུ་འཚར་དུས།
ང་ཚོར་རེ་བ་གསར་པ་ཞིག་སྤྲིན།

མེ་ཏོག་རེ་རེ་ནས་དྲི་བཟང་འཕྱུལ་དུས།
མི་རིགས་ཤིག་ལ་གསོན་ཤུགས་ཀྱི་ཚ་རླབས་འཕྱུར།

མ་འོངས་པའི་རེ་བ།
མེ་ཏོག་ལ་བཅོལ་ཡོད།
མེ་ཏོག་གི་རེ་བ།
བདེ་ཐང་ལ་བཅོལ་རོགས།

འགྲུལ་བཞུད་ཀྱི་ཕྱིར་དྲན།

ལམ་བར་དུ་ཧྲུང་བུས་གཡོ་བའི་ངའི་སེམས་འགྱུ་ཕྲ་མོ།
དྭགས་པོའི་དྲི་མེད་ཀྱི་མཛེས་པར་འགྲན་བཞིན།
ལྷད་མེད་པའི་པིར་རྩེར་ལམ་ལམ་དུ་ཟགས།
ཤོག་ངོས་སུ་བབས་པའི་འཆར་ཡན།
དྭགས་པོའི་ཡུལ་གྱི་ཆར་སིམ་ཙམ་ལས་མ་འདས།

ནགས་རིའི་རྒྱབ་ངོས་ན་སྤྲེའུ་ཇི་ཙམ་ཡོད་པ་སུ་ཡིས་ཤེས།
སྤང་རིའི་རྒྱབ་ཏུ་དབྱར་རྩྭ་དགུན་འབུ་ཡོད་མེད་འདྲི་མཁན་མི་འདུག
ནགས་དང་སྤང་ཁ་དུས་ཚིགས་ཀྱི་བྲང་གཞུང་ནས་ཕར་ན།
སྤྲེའུ་ཞེས་པའི་མིང་དེ་སུ་ཞིག་ལ་འདོགས་དགོས་སམ།
ཆེས་དག་པའི་ཞིང་ཁམས་འདིར་མིག་ལོག་མ་འཕེན་རོགས།

ཁོ་བོས་རྒྱ་ཚྭར་བོད་ཚྭ་ཞིག་བཏབ་མི་ཐུབ་པར།
མགོ་དཀར་དེ་ཚོས་ཕུ་ཐུང་ནང་ནས།
འབུ་ཚོང་རྒྱག་པའི་གསང་བ་དེ་རྙེད་རྗེས།
"ཇ་རྟའི་གནའ་ལམ"ཞེས་པའི་ལོ་རྒྱུས་དེའང་ལྷང་ལྷང་དུ་དྲན་བྱུང་།

དེ་ལྟར། སྐབས་བདེ་པོའི་ངང་ནས།
བློ་ཕམ་ཆེན་པོས། ཡུལ་དེའི་ཕྱུགས་ནོར་བསྐྱུར་ནས།
ངས་བདེན་ལུགས་ཡོད་ཚད་གཞན་ལ་སྤྲིན།
འདི་ལྟར་འཛམ་ཅག་གེར།
ཡར་མོ་ཀླུང་དུ་ཡོག་ཡོད།

ནམ་ཉིན་མོ་ཞིག་ལ།

ནམ་ཉིན་མོ་ཞིག་ལ།
འགྲོ་ཐུབ་པ་ཙམ་གྱིས་ལམ་བུ་ཞིག་རྙེད་ཐུབ་བམ།
མདུན་ངོས་ནས་བརྩེ་བས་ཏུམ་པའི་ཡིག་འབྲུས་ངག་ལྐུགས་པ་ལྟར་ང་ལ་
ཅེར།
སོང་སོང་བའི་མཐར་འོད་འཕྲོ་བའི་ལམ་ཞིག་རྙེད་མེད་པ་འདྲ།
ཆེས་གུ་ཡངས་དང་མདོ་སྟུགས་ཀྱི་ལམ་རིམ་ཡོད་ཚད་བོར་ཏེ།
སྐད་འཕྲིན་དང་ཟླ་རྒྱའི་ཁྲིམ་དུ་གནས་ཚང་གཡར་ནས་འདུག་དགོས་བྱུང་།

ནམ་ཉིན་མོ་ཞིག་ལ།
བསྟད་ཐུབ་པ་ཙམ་གྱིས་ཁྲིམ་གཞིས་ཤིག་རྙེད་ཡོད་དམ།
ཉེ་འཁོར་ནས་སློང་མོ་བས་གྲིབ་གཟུགས་མེད་པ་ལྟར་ང་ལ་འཛུམ།
ཁྲུ་སིམ་གྱི་ལྷིང་འཇགས་དཀྲིག་དུས་ངོ་གདོང་འདི་སྐོག་ཏུ་སྦས་ཏེ།
གསར་འགྱུར་གྱི་མེ་ལོང་མདུན་དུ་ཚང་རྩིས་ཤིག་རྒྱག་དགོས་བྱུང་།

ནམ་ཉིན་མོ་ཞིག་ལ།
སྨྲ་ཐུབ་པ་ཙམ་གྱིས་དོན་ཞིག་བསྟན་ཡོད་དམ།

རྒྱང་རིང་ནས་དམ་པའི་གསུང་རབ་ཀྱིས་བྲག་ཅ་འཕོར་བ་བཞིན་ང་ལ་དམོད།
བཤད་ཟིན་པའི་སྐད་ཆའི་ཞག་ཚོ་འཚོར་བ་འདྲ། འོན་ཀྱང་།
ལུང་གི་རྒྱབ་རྟེན་མེད་པའི་སྐད་ཆ་རྩུལ་པོ་དེ་དག་དབྱངས་སུ་བཀུག་ཏེ།
བརྗོད་ཆེ་བའི་འཇམ་སྙིང་གི་ཡང་རྩེར་མཇལ་གཞས་ཞིག་གཏོང་དགོས་བྱུང་།
ནམ་ཉིན་མོ་ཞིག་ལ།

སྙིང་ཉེ་བའི་ཐ་སྙད།

ཀ སྲོག་ཡོད་པའི་ཐ་སྙད།

ཡ་གིའི་གངས་རི་མཐོན་པོའི་རྩེ་ནས།
ལྷག་བསམ་གྱི་ཞག་ཆེ་དཀར་པོ་ལམ་ལམ་དུ་བཞུར་བྱུང་།
སུ་ཞིག་གི་བརྩེ་བར་ལྷོད་གཡེང་ཤོར་བ་ཡིན་ནམ།
ངའི་བརྩེ་དུང་ཡོད་པའི་ཐ་སྙད་དེ་རྙེད་མ་བྱུང་།

བར་གྱི་སྤང་རིའི་སྐེད་པ་ནས།
བརྟན་བརྙིང་གི་ཁོག་པ་ཡོམ་ཡོམ་དུ་འདར་བྱུང་།
སུ་ཞིག་གི་སྙིང་ཁམས་ལ་ཞེད་སྣང་སྐྱུལ་བ་ཡིན་ནམ།
ངའི་ཤ་ཚ་ཡོད་པའི་ཐ་སྙད་དེ་རྙེད་མ་བྱུང་།

མ་གིའི་ཆུ་མོའི་སྦུ་འོག་ནས།
ངང་རྒྱུད་ཀྱི་རྒྱུ་མ་ལྷོག་ལྷོག་ཏུ་བསྣར་བྱུང་།
སུ་ཞིག་གི་ན་ཟུག་ལ་བཟོད་སྒོམ་བྱེད་དགོས་སམ།
ངའི་སྲོག་ཡོད་པའི་ཐ་སྙད་དེ་རྙེད་མ་བྱུང་།

ནམ་མཁའ་ལ་ཡི་གེ་ཞིག་འབྲི་དགོས་འདུག
གཞན་ཕན་གྱི་ཐ་སྙད་དང་པོ་དེ་འབྲི་དགོས།
འོད་ཟེར་བྱེ་བའི་རྒྱུ་འབྲས་ཀྱི་ས་བོན་གསོན་པོ་ཞིག

ཁ ཕ་མ་ཡིན་པའི་ཐ་སྙད།
ང་དང་བར་ཐག་མེད་པའི་མཚམས་སུ།
ལྷུགས་ཧྲེང་གིས་བཞེངས་པའི་ཐོག་བརྩིགས་ཁང་བཟང་ནང་།
ལན་མ་བཏབ་པའི་འདྲི་ཚིག་མང་པོ་སྣང་མེད་དུ་བོར་འདུག
བྱམས་བརྩེས་འཁྱིལ་བའི་ཕ་མའི་ངོ་གདོང་བོར་འདུག
སྙིང་སེམས་མེད་པའི་ཕ་མ། ནམ་ཡང་སྙོད་མི་སྲིད།
ཨར་འདམ་འདྲ་བའི་གཅེས་ཕྲུག་ཚོར་ཁྲག་དང་མིག་ཆུ་མི་འདུག

ནམ་མཁའ་ལ་རི་མོ་ཞིག་འབྲི་དགོས་འདུག
ཕ་མའི་ངོ་གདོང་གི་རི་མོ་མཛེས་པོ་ཞིག་འབྲི་དགོས།
བྱམས་དང་སྙིང་རྗེ་འབུམ་ཕྲག་གི་ངོ་གདོང་སྨུམ་པོ་ཞིག

ག འདོར་མི་ཐུབ་པའི་ཐ་སྙད།
ས་མཐོའི་ཐ་སྙད་ཡོད་ཚད་ཕ་མ་ཡིན།
དྲི་ངན་གྱི་བཙོག་པ་ནམ་ཡང་ཡོད་མི་སྲིད།
མཐོ་སྒང་གི་ཕ་མ་ཡོད་ཚད་ཐ་སྙད་ཡིན།
གཏིང་ནས་བརྗེད་པ་ནམ་ཡང་ཡོད་མི་སྲིད།

ཀུ་ཡངས་པའི་ནམ་མཁའ།

བདེན་པའི་ཐ་སྙད་ཐེག་པའི་ནམ་མཁའ།

ཡ་ང་བའི་ཕ་མ།

སྡུག་བསྔལ་ཁྲི་ཕྲག་ཐེག་པའི་ཕ་མ།

ཁྱེད་རང་རྒྱས་འདུག

དེ་རིང་ནི་དགེ་རྒན་དུས་ཆེན་རེད།
ཁྱེད་རང་དབྱིངས་ཀྱི་ནང་དུ་ཚུད་སོང་།
ལྗོངས་ཞིང་ལྡའི་མཉམ་སྒྲིག་བསླབ་གཞིའི་ནང་དུ་ཚུད་སོང་།
རྩོམ་སྒྲིག་པའི་གཏམ་ནི། ཁྱེད་ལ་ངར་ཤུགས་སློང་བའི་མེ་ལྕེ་ཚ་པོ་དེ་ཡིན།
དཀར་ཆག་ཏུ་འཁོད་པ་དེ་དག
ཡུལ་སྐོར་དུ་འགྲོ་བའི་ལམ་ཡིག་གསར་པ་དེ་ཡིན།
སྤེ་ཚན་རེ་རེའི་ཁྲིད་ཚར་རྗེས།
མ་བུ་འཕྲད་འདྲའི་དགའ་སྣང་གིས་འཁྱིལ་སོང་།
བསླབ་གཞི་རྙིང་པར་གྱུར་དུས།
སློབ་རིམ་རེ་རེའི་འཕར་དུས།
ཁྱེད་རང་ཤོག་དྲིའི་བཟོད་བསྲན་ཀློང་ནས་རྒྱས་ཀྱིན་འདུག

ཐོ་རེངས། བྱ་སྐད་མེད་པར་ནམ་ཚོད་བྱེད་དུས།
དགོང་མོ། ལས་རེས་མིན་པར་མཚན་སྲུང་ཚོགས་དུས།
ངལ་དུབ་པའི་ཁྱེད་ཀྱི་ལུས་པོ་ནད་པ་བཞིན་དུ་འཁྱོར།
ཉིན་ལྟར། སྣབ་ལུད་བྱེས་པའི་རང་འདོད་ཀྱིས་ཙུར་སྦྲའི་དཀྱིལ་ནས།

འགན་སེམས་ལྡི་པོ་ཕ་བོང་འདྲ་བ་ཞིག་གིས་མནན་གྱིན་འདུག
ལོ་གང་། ཁྱེད་རང་མི་ཚོགས་ཀྱི་འདུ་འཛིའི་ཁྲོད་ནས་རྒྱོངས་ཀྱིན་འདུག

དགེ་བའི་བཤེས་གཉེན་ལགས།
འགྲོ་ཀུན་དྲིན་གྱིས་བསྐྱངས་པའི་བརྩེ་བར་ངོམས་པ་མེད་ཀྱང་།
ཤེས་རབ་ཀྱིས་མིག་ཟུང་ཕྱེ་རྒྱུར།
མི་གཤིས་ལེགས་པོའི་འོད་སྣང་འཕྲོ་རྒྱུར།
ཁྱེད་རང་ནམ་ཡང་ལྷ་ཤིང་ཤུག་པ་ལྟར་གསོན་དགོས།
དཔེ་ཚའི་ཞིང་ཐང་ཁྲི་སྟོང་མང་པོ་རྒྱ་འདེབས་ཟིན་ཏེས།
ཁྱེད་རང་རིམ་བཞིན་རྒས་ཀྱིན་ཡོད་པ་ཁྱོན་ནས་མི་ཚོར།

ཚུ་རྒྱུན་ལྟར་འཛའ་མཐའ་མེད་པའི་འབྲས་བཟང་སྨིན་དུས།
ཁྱེད་དང་ཁོང་གི་མཛད་རྗེས། བརྗོད་བྱའི་ཡུལ་དུ་འདྲེན་མཁན་མི་འདུག
ཁྱེད་ཉིད་ལ་སེམས་འགུལ་ཐེབས་སླ་བའི་ངའི་སྙན་ངག
ངལ་བའི་རྟུལ་ཚུས་བརླན་པའི་སློབ་ཁང་ཁྲ་ཁྲ་དེའི་ཟུར་དུ་ལུས།

ལོ་རེའི་སྟོན་མཇུག་ཏུ་གསེར་མདངས་འཕྲོ་དུས།
ཁྱེད་ཀྱི་དགའ་མགུ་ཡི་རང་གནང་སའི་དུས་ཆེན་འཆར་གྱིན་ཡོད།
བསུན་དྲགས་པའི་ཁྱེད་ཀྱི་རྣ་བར་བསྟོད་གླུ་ཐེངས་གཅིག་བསྒྲགས།
འཁྲུགས་དྲགས་པའི་ཁྱེད་ཀྱི་སེམས་པར་ཚ་དྲོད་སྤྲར་མོ་གང་སྤྱིན།
ངལ་དྲགས་པའི་ཁྱེད་ཀྱི་ལུས་པོར་གསོལ་ཐང་ཕོར་པ་གང་བླུད།

དཔེ་སློབ་མི་གསོ་ནི་དགེ་བའི་ལས་གྲྭ་ཆེན་མོ་ཞིག་རེད།
དྲིན་ནི་ནམ་ཡང་ཉྙིག་འགྱུར་གྱི་ཁྲོད་དུ་འཐིམས་སོང་།

སློབ་མཇུག་རེ་རེའི་བསྐྱིལ་དུས།
སློབ་མ་རེ་རེའི་ཐོན་དུས།
གཉེར་རིས་རེ་རེའི་བསྒོམས་དུས།
ཁྱེད་རང་རྟས་ཀྱིན་ཡོད་པ་ཅི་ནས་ཀྱང་མི་ཚོར།

སྐྱབས་གནས་སུ་འགྲོ་བའི་ཁྱེད་རང་།
ཡི་གེའི་རང་མདངས་ཁྲོད་དུ་ཞུགས་ནས་ཞུགས་སུ།

མགྲིན་ཚབ།

མགྲིན་ཚབ་པས།
ཁོར་ཡུག་གཉིད་ལས་དཀྲོག་ཅིང་འབོད་བརྡ་བཏང་།
ལོ་རྒྱུས་ཀྱི་བདེན་དཔང་སྨྲ་རྩེའི་ཁ་ནས་སྤྲིན།

མགྲིན་ཚབ་པས།
དགའ་སྐྱོ་ཆགས་སྡང་མཚོན་པའི་དབྱངས་རྟ་གྱེར།
གྱུ་ཡངས་པའི་ནམ་མཁར་ཞག་ཚེ་བྱུགས།

མགྲིན་ཚབ་པས།
སྙ་མང་སྒྲུ་རྩལ་ལ་རྩེན་པའི་མཚོ་རླབས་འཁྱུར།
འཛིག་རྟེན་ཕྱི་ནང་གི་སེམས་པ་ཡང་ཡང་བསྒྲགས།

མི་རིགས་ཀྱི་མགྲིན་ཚབ། སྨྱུག་ཐོགས་པ།
སྤྱི་ཚོགས་ཀྱི་སྨན་པ་འཕྲུལ་མེད་ཅིག

ལོ་བརྒྱའི་གསང་བ།

དཔེ་དེབ་དང་ཁ་བྲལ་རྗེས།
ངའི་སླད་པ་མི་གཞན་གྱི་བཙོན་རྟར་གྱུར།
ཉིན་མཚན་ཁ་པར་དང་འགྲོགས་དུས།
ལྷག་ཆུ་ཚད་པའི་རྗིང་བུའི་སྐོམ་གདུང་སེལ་མི་ཐུབ།
མདུན་ངོས་ཀྱི་གྲོང་ཁྱེར་ཆེན་མོ་སྤྱི་མདོག་གསར་པ་བརྗེས།
རྒྱབ་ངོས་ཀྱི་གཡུ་མཚོ་དྭངས་མ་ཆུ་བདེ་ཉ་སྐྱིད་ཡིན་པ་གསང་དགོས།

ཛ་ཁང་དང་འགྲོགས་དུས།
འཇིག་རྟེན་ཉལ་ན་ཕུང་ཞེས་པའི་གཏམ་འདི།
འདམ་འབྲས་ཟ་བཞིན་པའི་ཕྲུ་གུ་ཆུང་ཆུང་ཞིག་གིས་སྨྲ་བཞིན་འདུག
སོས་དལ་ནི། བདེ་སྐྱིད་ཡིན་པར་རློམས་ན།
བདེ་སྐྱིད་ནི། འབད་བརྩོན་ལས་བྱུང་བ་ཞིག་ཡིན་པ་གསང་དགོས།
སྐྱུག་ཐོགས་པ་ཚོས། མགྲིན་གཅིག་ཏུ་ལོ་བརྒྱ་གསང་དགོས།

མཇུག་བྱང་།

རྩོམ་ཡིག་ནི་འཚོ་བའི་མེ་ལོང་དུ་འདོད་ཅིང་། དེ་བས་ཀྱང་སྙན་ངག་ནི་མི་ཚེའི་སྐྱིད་སྡུག་གི་རང་སྒྲ་ཡིན་པ་དང་། དགའ་སྐྱོ་ཡོད་ཚད་ཕྱི་རུ་མངོན་པའི་བརྡུས་གཟུགས་ཤིག་ཏུ་གྲུབ། རྩོམ་ཡིག་གིས་སྤྱི་ཚོགས་ཀྱི་འཚོ་བར་སྣེ་ཁྲིད་ཀྱི་ནུས་པ་འདོན་སྤེལ་བྱེད་ཀྱིན་ཡོད་པས། ཁོ་བོའི་དེབ་ཆུང་འདི་ཡང་དེ་ལས་མ་འདས་པ་ཞིག་བྱུང་ན་འདོད། མི་རེ་རེར་སེམས་ཀྱི་རྒྱབ་རི་རེ་ཡོད་ངེས་ཡིན་པས་སྙིང་ཉེ་བའི་གྲོགས་པ་པོ་དང་བསམ་བློ་བརྗེ་རེས་ཀྱི་ཚུལ་དུ་བསྡུ་སྒྲིག་བྱས་པ་ཞིག་ཡིན་མོད། འོན་ཀྱང་སྙན་ངག་གི་སྐད་ཆའི་སྒྱུ་རྩལ་དང་བརྗོད་བྱའི་ནང་དོན་གྱི་ཆ་ནས་དཔྱོད་ལྡན་པ་ཚོའི་འདོད་བློ་སྐོང་ཐུབ་པ་ཞིག་བྱུང་མེད་ལ། འདྲིས་ཆེ་བའི་རྩོམ་གྲོགས་ཚོའི་མདུན་དུ་ངོ་ཚ་རིན་གྱིས་ཉོས་པ་ཞིག་ཡིན་ནའང་འགན་འཁྲི་དང་ཀུན་སློང་རྣམ་དག་ཅིག་གིས་ཡང་ཡང་ཚ་འདེད་གཏོང་གིན་རང་ནུས་གང་ཡོད་ཀྱིས་ཡིག་ཕྲེང་དུ་ཕབ་པ་འདིས་རྩོམ་འབྲིའི་ལས་དང་པོ་བ་རྣམས་ལ་ཕན་རེ་ཐོགས་ན་ཅི་མ་རུང་སྙམ།

《སེམས་ཀྱི་རྒྱབ་རི་སྨུག་པོ་》འདི་ཉིད་སྒྲིག་པའི་བརྒྱུད་རིམ་ཁྲོད་དུ་གུས་པའི་སྙན་ངག་གི་མཛུབ་ཁྲིད་དགེ་རྒན་བཟང་པོ་གཉལ་ལྷ་དགྲ་ལགས་དང་རྒན་ཨོ་རྒྱན་བསྟན་དར་ལགས་དེ་བཞིན་ཤེའུ་ཀུན་དཔལ་ལགས་

བཅས་ཀྱིས་རིན་ཐང་དུས་ཚོད་མང་པོ་སྤྱད་དེ་ཐོག་མཐའ་བར་གསུམ་དུ་ཞུས་དག་གནང་བར་སོར་མོའི་འདུ་བྱེད་སྙིང་ཁར་སྦྱར་ནས་ཐུགས་རྗེ་ཆེ་ཞེས་ལན་བརྒྱར་ཞུ་རྒྱུ་ཡིན། དེ་མ་ཟད་རྟན་ཨོ་རྒྱན་བསྟན་དར་ལགས་ཀྱིས་སྐྱན་དེབ་འདིའི་སྔོན་འགྲོ་བསྔུལ་གནང་བར་རྗེས་སུ་ཡི་རང་ཞུ་རྒྱུ་ཡིན།

དེའང་། ཞྭ་ཁ་གྲོང་ཁྱེར་རིག་གནས་ཚུད་ཀྱི་དེབ་ཚུང་འདིའི་མཐུན་རྐྱེན་ཆ་ཚང་ཡོངས་སུ་སྦྱར་བར་བཀའ་དྲིན་སྙིང་བཅངས་ཞུ་རྒྱུ་ཡིན་ལ། མཇུག་ཏུ་གུས་པའི་ཕྱོགས་གང་ཅིའི་ཐད་ལ་དུས་དང་རྣམ་པ་ཀུན་ཏུ་ཐུགས་འཁུར་གནང་མཁན་གྱི་བློ་དཀར་གྲོགས་མཆོག་ཡོངས་ལ་ཐུགས་རྗེ་ལན་འབུལ་ཞུ་རྒྱུ་དང་ཆབས་ཅིག་སྐད་ཕྱིན་ཁྱེད་རྣམས་སྐུ་གཟུགས་གསལ་ཐང་དང་མཛད་འཕྲིན་ཡར་ངོའི་ཟླ་ལྟར་འཕེལ་བའི་བཀྲ་ཤིས་ཁ་གཡང་སྙིང་ནས་འབོད་དོ། །

དད་སྦྱོས་ཡར་རྩེ་ཁང་བཟང་དུ་སྦྱར།
༢༠༢༢ལོའི་ཟླ་༥པར།

སེམས་ཀྱི་རྒྱབ་རི་སྨུག་པོ།

རྩོམ་པ་པོ།	བཀྲ་ཤིས་རྒྱལ་མཚན།
རྩོམ་སྒྲིག་འགན་འཁུར་བ།	མདོ་རྒྱན་ཚེ་རིང་།
ཁ་ཤོག་རྟུས་འགོད།	བསྟན་འཛིན་ལྷ་བརྒྱལ།
པར་གཞི་རྟུས་འགོད།	མདོ་རྒྱན་ཚེ་རིང་།
པར་ཞུས་འགན་འཁུར་བ།	མཁའ་འགྲོ།
དཔེ་སྐྲུན་འགྲེམས་སྤེལ་ཚན་པ།	བོད་ལྗོངས་མི་དམངས་དཔེ་སྐྲུན་ཁང་། (ལྷ་ས་གླིང་སྐོར་བྱང་ལམ་སྒོ་ཨང་20པ)
པར་འདེབས་ཚན་པ།	བོད་ལྗོངས་ཕན་བདེ་པར་འདེབས་བཟོ་གྲྭ།
དེབ་ཚད།	890×1240 1 / 32
དཔར་ཤོག	6.375
ཡིག་གྲངས།	ཁྲི་10.3
པར་གཞི་སྒྲིག་ཐེངས།	2023ལོའི་ཟླ་7པར་པར་གཞི་1བསྒྲིགས།
དཔར་ཐེངས།	2023ལོའི་ཟླ་7པར་པར་ཐེངས་1བཏབ།
དཔར་གྲངས།	01- 1,000
དཔེ་རྟགས།	ISBN 978-7-223-07405-6
བཅད་གོང་།	སྒོར་32.00